Враги

契诃夫小说选集

仇 敌 集

〔俄〕契诃夫 著

汝龙 译

人民文学出版社

图书在版编目（CIP）数据

契诃夫小说选集. 仇敌集/（俄罗斯）契诃夫著；汝龙译. —北京：人民文学出版社，2021
ISBN 978-7-02-012935-5

Ⅰ.①契… Ⅱ.①契…②汝… Ⅲ.①短篇小说—小说集—俄罗斯—近代 Ⅳ.①I512.44

中国版本图书馆 CIP 数据核字（2017）第 134308 号

策划编辑	张福生
责任编辑	李丹丹
装帧设计	刘　静
责任印制	王重艺

出版发行	人民文学出版社
社　　址	北京市朝内大街 166 号
邮政编码	100705
网　　址	http://www.rw-cn.com
印　　刷	三河市博文印刷有限公司
经　　销	全国新华书店等
字　　数	88 千字
开　　本	787 毫米×1092 毫米　1/32
印　　张	7.125
印　　数	1—3000
版　　次	2021 年 4 月北京第 1 版
印　　次	2021 年 4 月第 1 次印刷
书　　号	978-7-02-012935-5
定　　价	29.00 元

如有印装质量问题，请与本社图书销售中心调换。电话:010-65233595

目　　次

在故乡 …………………………………… 1

薇罗琪卡 ………………………………… 26

仇敌 ……………………………………… 54

胜利者的胜利 …………………………… 81

复活节之夜 ……………………………… 89

在家里 …………………………………… 113

出事 ……………………………………… 132

牡蛎 ……………………………………… 145

莫斯科的特鲁勃纳亚广场上 …………… 154

疏忽 ……………………………………… 162

不痛快的事 ……………………………… 171

契诃夫小说选集

可怕的一夜 ………………………… 186

坏孩子 …………………………… 200

活的年代表 ……………………… 206

就是她！ ………………………… 213

在 故 乡

一

顿涅茨克铁路。一个冷冷清清的火车站,呈现着白色,孤单地立在草原上,墙壁晒得发烫,没有一点阴影,看上去这儿像是没有人似的。火车把您丢在这儿,开走了,它的轰隆声先还可以隐约听见,最后无声无息了。……车站附近一片荒凉,除了您的马车以外,别的马车一辆也没有。您就坐上一辆四轮马车(这在坐过火车以后是极其痛快的),沿着草原上的大道走去,您面前渐渐展开一幅幅在莫斯科附近没有的画面,广漠无垠,单调得迷人。草原,草原,此外什么也没有了。远处是一座古墓或者一架风车。牛车在载运煤炭。……鸟儿在平原上空低低地飞翔,有节奏地扇动着翅膀,使人看得昏昏欲睡。天气炎热。一两个钟头过去了,却还是草原,草原,远处也还是古墓。您的车夫讲这讲那,常常用鞭子往旁边指一指,他讲得很长,无非是些无关紧要的事,而您的灵魂沉浸在安宁之中,不愿意回想过去的事了。……

一辆三套马车来接薇拉·伊凡诺芙娜·卡尔津娜。车夫把她的行李放好,开始整理马具。

"一切都跟从前一样,"薇拉说,不住地往四下里看,"上一回我在这儿的时候还是个小姑娘,那差不多是十年以前的事了。我记得那一回赶着马车来接我的是包利斯老头。怎么样,他还活着吗?"

车夫一句话也没有回答,光是照乌克兰人那样生气地瞪她一眼,爬上了车夫的座位。

出了火车站,要走大约三十俄里的路。薇拉也给草原的魅力迷住,忘记过去,只想着这儿多么辽阔,多么自由。她健康、聪明、美丽、年轻(她刚刚二十三岁),到现在为止,她的生活里所缺乏的恰好就是这种辽阔和自由。

草原,草原。……马车奔驰着,太阳越升越高,在她小时候,六月间的草原似乎没有这么丰富多彩,这么茂盛。草地上开满鲜花,有绿色的,黄色的,淡紫色的,白色的。这些花和晒热的土地冒出一阵阵香气。大路上有些古怪的、蓝色的鸟。……薇拉早已没有祈祷的习惯,可是现在却克制着睡意,喃喃地说:

"主啊,保佑我在这儿过得畅快吧。"

她心里平静,舒服,似乎情愿照这样望着草原,坐一辈子马车。忽然,路旁出现一道深深的山沟,长满小橡树和小赤杨树。一股潮气扑面而来,大概下边有一条小溪吧。在这一边,在悬崖的边沿上,有一群山鹑扑棱一声飞起来。薇拉想起从前傍晚他们常到这道悬崖旁边来散步，那么庄园一定很近了！果然，远处现出杨树和谷仓，旁边冒起一股黑烟，这是在烧旧麦秆。这时候她的姑姑达霞迎面走来，摇着手绢；她的爷爷站在露台上。哎呀，多么高兴啊！

"亲爱的！亲爱的！"她姑姑说，尖声喊着，就像发了癔病似的，"我们真正的女主人来了！要明白，你就是我们的女主人，我们的女皇啊！这儿样样东西都属于你！亲爱的，美人儿，我不是你的姑姑，而是你顺从的奴隶！"

薇拉除了姑姑和爷爷以外，一个亲人也没有了。她母亲早已去世，她父亲是个工程师，三个月前从西伯利亚回来，死在喀山。她爷爷蓄着一大把白胡子，身体很胖，脸色红润，害气喘病，走起路来拄着手杖，挺着肚子。她姑姑是个四十二岁的女人，穿一条袖子隆起的时髦连衣裙，腰身勒得很紧，显然要打扮得年轻点，仍旧想招人喜爱。她走起路来踩着细碎的步子，同时她的脊背不住地颤动。

"你会喜欢我们吗?"她搂住薇拉,说,"你不骄傲吧?"

大家按照爷爷的心意做感恩祈祷,然后吃了很久的饭,于是对薇拉来说,她的新生活开始了。他们给她准备了一个最好的房间,把全家所有的地毯都拿来铺上,而且放上许多花。晚间她在她那张舒适的、宽阔的、柔软的床上躺下,盖上一床发散出存放过久的衣服气味的绸被子,她就快活得笑起来。她姑姑达霞进来一会儿,为的是给她道晚安。

"喏,你总算回来了,谢天谢地,"她在床沿上坐下来,说,"你看得明白,我们生活得挺好,再好也没有了。只有一件:你爷爷不行了!糟透了!他气喘,记性也差了。你记得吗? 他以前健康得很,力气大极了!他是个火气很大的人。……从前,只要仆人不顺他的心或者出了点什么事,他就跳起来,嚷着:'抽他二十五下!拿桦树条子!'可是现在他变得和气多了,听不见他嚷了。而且,现在也不是那种年月,宝贝儿,不兴打人了。嗯,当然,何必打人呢,可是把他们惯坏也不应该。"

"姑姑,现在他们还挨打吗?"薇拉问。

"有时候,总管打他们,我是不打的。求主保佑他们!你爷爷拗不过老脾气,有的时候举起手杖来挥动几下,不过打是不打了。"

姑姑达霞打了个哈欠,她先在嘴上,然后在右耳朵上画一个十字。

"这儿生活沉闷吗?"薇拉问。

"怎么对你说好呢?现在地主都搬走,不住在这儿了。不过,宝贝儿,附近陆续建造了一些工厂,什么工程师啦,医生啦,采矿技师啦,多着呢!当然,有业余演出,有音乐会,不过打牌的时候居多。他们常坐车到我们这儿来。工厂里的涅沙波夫大夫就常来,他长得挺漂亮,招人喜欢!他看了你的照片就爱上你了。我呢,打定了主意,心想:行,这也是薇罗琪卡①的造化。

---

① 薇罗琪卡是薇拉的爱称。

这人又年轻又漂亮,还有家当,一句话,正配得上。嗯,说真的,你也是天下难找的未婚妻。你出身上流人家,我们的田产已经抵押出去了,不过那有什么关系?经营得挺好,没有荒掉。这里面也有我的一份,可是往后都归你了。我是你的顺从的奴隶。我那去世的哥哥,你的爸爸,留下一万五。……哦,不过,我看出来,你的眼皮要合上了。那就睡吧,孩子。"

第二天薇拉在房子四周散步很久。那儿有个古老的花园,不好看,小路也没有一条,坐落在一个斜坡上,很不方便,完全荒芜了,大概他们认为这是家业当中一种多余的东西吧。这儿有许多蛇。戴胜鸟在树下面飞来飞去,叫着:"呜——吐——吐!"从那声调听起来,仿佛要叫人想起一件什么事似的。下面是一道河,岸旁长满高高的芦苇,河对面,离岸半俄里,是个村子。薇拉从花园里走到田野上,眼睛望着远处,心里想着她在故乡的新生活,一心要弄明白,什么样的前途在等待她。草原的这种辽阔、这种美丽的恬静,都在对她说:

幸福临近了,也许已经来到了;实际上成千的人都会说:一个年轻健康、受过教育的人,又住在自己的庄园上,这是多么幸福啊!同时,这无边无际的原野,单调而没有人烟,却使她害怕,有的时候,可以清楚地看出,这个安静的绿色怪物会吞吃她的生命,把它化为乌有。她年轻、优雅,喜爱生活;她在贵族女子中学毕了业,学会说三种外国语,读过很多书,跟父亲一块儿游历过;可是,难道所有这些仅仅是为了到头来在一个荒僻的草原庄园上定居下来,成天价无所事事,从花园里走到田野上,再从田野上走到花园里,然后就在房子里坐着,听爷爷喘气吗?可是该怎么办呢?躲到哪儿去呢?她无论如何也找不出答案。等到她走回家去,她就暗想:她在这儿未必会幸福,从火车站坐着马车到这儿来的时候比在这儿生活有趣得多了。

涅沙波夫大夫从工厂里来了。他是医生,然而三年前他在工厂里入了股,成了工厂主人之一,现在虽然还干医疗工作,却不认为医疗是他的主要工作了。从外貌来看，这是个脸色苍白、身体匀称的金发男子，穿一件白色坎肩；可是要了解他的心灵，了解他头脑里有些什么想法，那就难了。他打过招呼以后，就吻姑姑达霞的手，然后不时站起身来，去给人端椅子，或者让出自己的座位，始终很严肃，不说话，如果开口说话，那么虽然讲得很有条理，声音也不低，可是不知什么缘故，他的头一句话总是叫人听不清，弄不懂。

"您弹钢琴吗？"他问薇拉，忽然急促地站起来，因为她把手绢掉在地上了。

他从中午坐到深夜十二点钟，沉默不语，薇拉很不喜欢他。她觉得在乡下穿白坎肩显得俗气，他那种过分讲究礼貌的姿态、举止和他那张生着黑眉毛的、严肃的白脸叫人感到腻味。她觉得他经常沉默大概是因为他智力不发达。可是姑姑在他走后却高兴地说：

"嗯，怎么样？挺迷人，不是吗？"

二

姑姑达霞掌管这份家业。她把腰身勒得很细,两条胳膊上的镯子叮当作响,一会儿走到厨房,一会儿走到谷仓,一会儿走到牲口棚,老是踩着细碎的步子,背脊不住地颤动。不知什么缘故,她对管事或者农民讲话,每次都要戴上夹鼻眼镜。爷爷老是坐在一个地方摆牌阵①或者打盹儿。到午饭和晚饭的时候,他吃得非常多。仆人给他端来今天的菜、昨天的菜、星期日剩下的冷馅饼、仆人的腌牛肉,他都狼吞虎咽,一股脑儿吃光。每次吃饭都给薇拉留下很深的印象,因此后来她一看到人们赶羊,或者从磨坊里运来面粉,她就会想:"爷爷会把这些都吃掉的。"他大部分时间沉默着,专心吃东西或者玩牌阵,可是有时候,在吃饭的当儿,

---

① 一种单人玩的纸牌戏。

他看到薇拉,就动了感情,温柔地说:

"我的独一无二的亲孙女啊!薇罗琪卡!"

他说着,眼泪就在他的眼睛里发亮。或者,他的脸突然涨得通红,脖子变粗,恶狠狠地瞧着仆人,敲着手杖,问道:

"为什么不拿辣根来?"

冬天他过一种完全不出家门的生活,夏天他偶尔坐上马车到野外去看一看燕麦和青草,回到家里来总是挥动着手杖,说缺了他,到处都搞得乱糟糟。

"你爷爷心绪不好,"姑姑达霞小声说,"嗯,现在倒没什么了,可是从前啊,那可不得了:'抽他二十五下!拿桦树条子!'"

姑姑抱怨说大家都变懒了,谁都不干活儿,这份田产没有带来什么收入。确实,这儿说不上什么农业上的经营;大家只是按照习惯耕一点地,下一点种,实际上没干什么事,虚度光阴。可是大家又成天价跑来跑去,这样那样地计算,忙忙碌碌在这所房子里,从早晨五点钟就忙起,经常可以听见:"拿来","拿来","快去找",到傍晚仆人们照例累得筋疲力尽。姑姑每个星期都要更换厨娘和女仆;有时候她认为她们道德败坏而辞退她们,有时候她们说累得要命,自动走了。本村的人谁也不来当差,那就只好到远村去雇人。本村的人只有一个姑娘阿辽娜还在这儿当差,没有走掉,因为她一家人老老小小都靠她的工钱糊口。这个阿辽娜身材矮小,脸色苍白,傻头傻脑,整天收拾房间,伺候开饭,生火,缝补,洗衣服,可是大家总觉得她是在瞎忙,把靴子踩得咚咚响,反而在这所房子里妨碍别人做事。她生怕叫东家辞掉,被打发回家;因为怕,她就常把手里的东西掉在地上,打碎碗碟,他们就扣她的工钱,事后她的母亲和祖母就到这儿来,在姑姑达霞面前跪下求情。

客人们每个星期来一次,有时候来得勤一些。碰到这种时候,姑姑就走到薇拉的房间里,说:

"你最好去陪客人坐坐,要不然人家就要认为你骄傲了。"

薇拉走去陪客人,跟他们一块儿玩很久的"文特"①,或者由她弹钢琴,客人们跳舞。姑姑兴高采烈,跳舞跳得喘吁吁的,走到她面前,小声说:

"你对玛丽雅·尼基佛罗芙娜要亲热点。"

十二月六日,圣尼古拉节,一下子来了很多客人,有三十个上下。他们玩"文特"一直玩到深夜,许多人留下来过夜。到早晨,他们又坐下来打牌,然后吃饭,饭后薇拉走到自己的房间去,打算躲开谈话,躲开烟雾,休息一下,可是那儿也有客人,她绝望得差点哭出来。到傍晚,大家准备动身回家,她才因为他们到底要走了而高兴起来,就说:

"你们再坐一会儿吧!"

客人们使她劳累,使她感到拘束;同时(差不多每天如此),天一黑下来,她就想走出家门,坐上马车随

---

① 一种纸牌戏。

便到哪儿去——去工厂或者附近的地主家做客,在那儿打牌,跳舞,玩游戏,吃晚饭。……在工厂里和矿场上工作的年轻人有时候唱小俄罗斯①歌,唱得很不错。他们唱的歌总叫人感到辛酸。要不然,他们就一齐聚在房间里,在昏暗的暮色中谈矿场,谈当初埋在草原的地底下的金银财宝,谈萨乌尔古墓②。……谈着谈着,天色晚了,有时候会忽然传来"救——命——啊"的喊叫声。这是一个醉汉在走路,或者有人在附近矿场上遭到抢劫。要不然,风就在炉子里哀号,吹打护窗板,后来,过了一阵,教堂里就响起报警的钟声:这是暴风雪开始了。

在所有的晚会、野餐会、宴会上最招人喜欢的女人总是姑姑达霞,最招人喜欢的男人总是涅沙波夫大夫。在工厂和庄园里,很少有人朗诵,弹起钢琴来也只弹进行曲和波尔卡舞曲,年轻人老是为他们不理解的事发

---

① 历史资料中对乌克兰的称呼。
② 指古代壮士歌中的英雄,传奇式的勇士萨乌尔之墓。

生激烈的争论,显得很粗暴。他们吵得厉害,声调很高,可是说来奇怪,薇拉在别的地方从来也没有遇见过像他们那样漠不关心、无所用心的人。好像他们既没有祖国,又没有宗教,对社会也不感兴趣。大家谈到文学,或者解答什么抽象的问题的时候,从涅沙波夫的脸上可以看出他对这些东西毫无兴趣,他已经很久没看什么书,而且也不想看。他神态严肃,没有表情,像是一张画得很糟的肖像画,经常穿一件白色的坎肩,始终沉默不语,莫测高深;可是太太小姐们都认为他有趣味,欣赏他的风度,嫉妒薇拉,因为他显然很喜欢她。薇拉每一次做客回来都感到烦恼,暗自赌咒从此再也不出家门;可是白天过去,傍晚一到,她就又急忙赶到工厂去,整个冬季几乎天天如此。

她买书,订杂志,在自己的房间里看这些书和杂志。到了晚上,躺在床上,她还在看书。等到过道里的钟敲了两下或者三下,她看书看得太阳穴胀痛,她就在床上坐起来,想心思。该干些什么好呢?上哪儿去好呢？这个该死的、纠缠不休的问题早就有许多现成的答案，可是实际上又一个都没有。

啊，为民众服务，减轻他们的痛苦，教育他们，那该是多么高尚，神圣，美妙啊！可是她薇拉不熟悉民众。该怎样接近他们呢？对她来说，民众是生疏的，没有趣味的，她受不了农民小木房里那种刺鼻的气味、酒馆里骂人的话、没洗脸的孩子们、农妇们唠叨疾病的话。要她在雪地上走一大段路，冻得浑身发僵，然后在密不通风的小木房里坐着，教那些她不喜欢的孩子们读书，不，那还不如死了的好！再说，你教农民的孩子们读书，可同时，姑姑达霞却收那些饭铺的租金，罚农民钱，这是多么荒唐！关于学校、乡村图书室，关于普及教育，议论有那么多，可是，如果所有这些熟识的工程师、工厂主、太太们不是假充善人，而是真的相信教育是必要的，他们就不会像现在这样每月发给教师十五个卢布，叫他们挨饿了。学校也罢，关于愚昧的议论也罢，仅仅是为了欺骗自己的良心罢了，因为他们拥有五千或者一万俄亩土地,却对民众漠不关心,那是可耻的。太太们讲到涅沙波夫大夫,总是说他心善,为工厂开办了一所学校。不错,他用工厂的旧砖头造学校,花了大约八百卢布,在学校的落成典礼上人们为他唱《长命百岁》歌,可是要他把股票献出来,他就未必肯,他脑子里也未必想到过农民跟他一样是人,也需要在大学里受教育,而不仅仅是在工厂这种简陋的学校里读书。

薇拉恼恨自己,也恼恨所有的人。她又拿起书来,想看下去,可是过一会儿又坐起来,想心思。去做医生吗?可是要做医生,就得把拉丁语考及格,再者她对死尸和疾病有一种难于克制的厌恶感。要是能做机械工程师、法官、船长、科学家,干一种可以用出全部体力和脑力的工作,累得筋疲力尽,然后晚上酣畅地睡一觉,那就好了;要是能把自己的一生贡献给一种什么事业,使得自己成为一个有趣味的人,被有趣味的人所喜欢,而且爱上一个人,有自己的真正的家庭,那就好了。……可是该怎么做呢?从哪件事做起呢?

有一回,在大斋节期间的一个星期日,姑姑清晨走到她的房间里来取阳伞。薇拉坐在床上,双手抱住头,沉思着。

"你,宝贝儿,该到教堂去才对,"姑姑说,"要不然人家就会以为你是个不信神的人了。"

薇拉什么话也没有回答。

"我看得出来你烦闷,可怜的人儿,"姑姑说,在床前跪下;她疼爱薇拉,"说实话,你烦闷吗?"

"我闷得慌。"

"美人儿,我的女皇,我是你的顺从的奴隶,我一心巴望你好,巴望你幸福。……你说,为什么你不愿意嫁给涅沙波夫呢?你还要什么样的人呢,孩子?原谅我心直口快,亲爱的,这样挑挑拣拣是不行的,我们又不是公爵。……岁月如流,你不是十七岁了。……我真弄不懂!他爱你,崇拜你嘛!"

"哎,主啊,"薇拉气恼地说,"可是我怎么知道呢?他自己闷声不响,从来也不说一句话。"

"他不好意思,宝贝儿。……万一你回绝他呢!"

后来姑姑走了,薇拉就站在房间中央,不知道该穿衣服呢,还是该再睡下去。那张床真讨厌。往窗外看一眼,那儿也净是光秃的树木、灰白的雪、讨厌的寒鸦、要被爷爷吃掉的猪。……

"真的,"她暗想,"也许还是出嫁的好!"

三

一连两天,姑姑带着泪痕、扑着浓粉的脸走来走去,吃饭的时候不住地唉声叹气,呆望着神像。谁也不明白她愁的是什么。后来她终于下了决心,走到薇拉的房间里,随随便便地说:

"是这么回事,孩子,我们该缴银行贷款的利息了,可是佃户没有给我们钱。让我从你爸爸留给你的一万五当中拿一笔钱来付利息吧。"

后来姑姑一整天在花园里熬樱桃果酱。阿辽娜烤得脸蛋绯红,时而跑到花园里,时而跑到房外,时而跑到地窖去。姑姑熬果酱的时候,脸色十分严肃,仿佛在举行什么宗教仪式似的。从她短短的袖子里露出两只小小的、结实的、傲慢地指挥别人的手,女仆不停地跑来跑去,在果酱四周忙忙碌碌,而这果酱她是吃不到的,每逢这种时候,可以感觉到这儿有一种折磨人的气氛。……

花园里有熬熟的樱桃味。太阳已经落下去,火盆已经端走,然而空中仍旧保留着那种好闻的甜香气味。薇拉坐在一条长凳上,看一个新来的工人按她的指示修一条小路,这人是个过路的年轻的兵。他用铁锹铲着草土,把它堆到一辆手推车上。

"你原是在哪儿当兵的?"薇拉问他。

"在别尔江斯克。"

"你现在要到哪儿去呢?回家去?"

"不,小姐,"工人回答说,"我没有家。"

"那你是在哪儿出生、长大的呢?"

仇 敌 集

"在奥廖尔省。我当兵以前跟着我妈住在后爹家里;我妈当家,她很受尊敬,我靠她生活。我当兵的时候收到一封信,说我妈已经死去。……现在我好像不乐意回那个家了。他又不是我的亲爹,所以那个家也就成了外人的家。"

"那么你的亲爹死了吗?"

"我不知道,小姐。我是私生子。"

这当儿窗口露出姑姑的身影,说:

"不要跟下人谈天①……小伙子,到厨房去,"她对兵士说,"到那儿去跟人聊天吧。"

后来,如同昨天和往常一样,又是晚饭,阅读,失眠的夜晚,没完没了的老一套想法。三点钟,太阳升起来了,阿辽娜已经在过道里奔走不停,而薇拉还没有睡觉,支撑着看书。手推车的吱吱嘎嘎声响起来:这是新来的工人到花园里去了。……薇拉拿着书坐在窗口,

---

① 原文为法语。

昏昏欲睡,瞧那个兵士为她修路,这个工作吸引了她的注意。小路像皮带一样平坦整齐,她愉快地想象将来路上铺了黄沙以后会是什么样子。

五点钟刚过,就可以看见姑姑从正房里走出来,穿一件粉红色宽大长衣,头发上夹着卷发纸。她在门廊上默默地站了三分钟光景,然后对那个兵士说:

"你把你的身份证拿去,走吧,求上帝保佑你。我不能让我的家里有个私生子。"

一种沉重、愤恨的感觉涌上了薇拉的心头。她愤怒,憎恨她的姑姑;她对她的姑姑厌恶到了难以忍受、深恶痛绝的地步。……然而怎么办呢?打断她的话吗?把她辱骂一番吗?可是那有什么用处?假定同她斗争,把她赶走,使她不能为非作歹,假定能使她爷爷不再摇晃手杖,可是那有什么用处呢?这无异于在看不到尽头的草原上打死一只老鼠或者一条蛇罢了。广大的空间、漫长的冬季、生活的单调无聊,使人感到束手无策,这局面似乎毫无希望,弄得人什么事也不想做,因为无论做什么都毫无用处。

阿辽娜走进来,对薇拉深深一鞠躬,然后动手将一把圈椅搬出去,为的是拍打那上面的尘土。

"这时候来收拾房间,"薇拉气恼地说,"出去!"

阿辽娜茫然失措,吓得没有弄明白薇拉要她干什么,就赶紧收拾五斗橱上的东西。

"我跟你说,出去!"薇拉喊道,浑身发冷;以前她从没生过这么大的气,"出去!"

阿辽娜发出一声呻吟,像鸟叫似的,把一块金表掉在地毯上了。

"滚出去!"薇拉大叫一声,嗓音都变了。她跳起来,周身发抖。"把她赶出去,她把我气坏了!"她接着说,很快地跟踪阿辽娜走到过道上,不住地顿脚,"滚出去!拿桦树条子来!抽她!"

随后她忽然清醒过来,就照她原来的样儿,头没梳,脸也没洗,穿着睡衣和拖鞋,一口气跑出房外去了。她一直跑到熟悉的悬崖边上,藏在杂草丛里,免得看到人,也免得让人看到。她一动不动地躺在那儿的草地上,既不哭,也不怕,眼睛望着天空,一眨也不眨,冷静而清楚地思忖着:刚才发生了一件她永远不能忘记而且一辈子也不能原谅自己的事。

"不,够了,够了!"她想,"现在该把自己抓紧,要不然这种事就没个完了。……够了!"

中午,涅沙波夫大夫坐着马车穿过山沟,到庄园那儿去。她看见他,就很快做出决定,她要开始过新的生活,她要逼着自己开始,这个决定使她心绪安定下来。她目送着大夫的匀称身材,仿佛要减轻她的决定的严峻性质似的,说:

"他挺好。……我们一块儿好歹总能过下去。"

她走回家去。她正在换衣服,姑姑达霞走进她的房间,说:

"阿辽娜惹得你不痛快,宝贝儿,我打发她回家去了。她母亲把她狠狠地打了一顿,还到这儿来,哭哭啼啼的……"

"姑姑，"薇拉很快地说，"我愿意嫁给涅沙波夫大夫了。只是请您去跟他谈。……我没法谈。……"

她又走到野外。她一面信步走去，一面做出决定：等她出嫁以后，她就管家，给人医病，教人读书，凡是她这个圈子里其他女人所做的事她都要做。至于那种经常不满意自己和不满意别人的心情，那种每逢回顾过去就会看到像山一样立在面前的一长串重大错误，她索性认为都是她注定要过的真实生活，她不再希望更好的生活了。……要知道，更好的生活是没有的！美丽的大自然、幻想、音乐告诉我们的是一回事，现实生活告诉我们的却是另一回事。显然，幸福和真理存在于生活之外的什么地方。……人应当不要生活，应当跟这个茂盛、像永恒那样无边无际、冷漠无情的草原以及它那些花朵、古墓、远方打成一片，那样一来就万事大吉了。……

一个月以后，薇拉已经住在工厂里了。

薇 罗 琪 卡

伊凡·阿历克塞耶维奇·奥格涅夫想起八月间那天傍晚他怎样当的一声推开那扇玻璃门,走到露台上。那时候他披一件薄斗篷,戴一顶宽边草帽,如今这顶草帽却已经跟他的长筒皮靴一块儿丢在床底下,蒙在灰尘里了。他一只手提着一大捆书和练习簿,另一只手拿着一根有节疤的粗手杖。

房主人库兹涅佐夫站在门里,举着灯给他照亮道路。他是个秃顶的老人,留着一把挺长的白胡子,穿一件雪白的凸纹布上衣。老人好心地微笑着,频频点头。

仇　敌　集

"再见,老先生!"奥格涅夫对他叫道。

库兹涅佐夫把灯放在小桌上,走到露台上来。两个又长又细的影子就走下台阶,往花坛那边移动,摇摇晃晃,脑袋贴在椴树的树干上。

"再见,再一次向您道谢,好朋友!"伊凡·阿历克塞伊奇①说,"谢谢您的盛情,谢谢您的照拂,谢谢您的爱护。……我一辈子也不会忘记您的款待。不光是您好,您女儿也好,而且您这儿的人都好,都快活,都殷勤。……这么一群性情宽厚的人,我都不知道该说什么好了!"

奥格涅夫感情激动,又处在刚刚喝过露酒的影响下,就用教会中学学生那种唱歌般的声调讲起来。他深受感动,话语不足以表达他的感情,倒是他那对眨巴的眼睛和抽动的肩膀表达出来了。库兹涅佐夫也带点酒意,也动了感情,就向年轻人那边探过身子,跟他

---

① 伊凡·阿历克塞耶维奇的简称。

接吻。

"我已经跟你们处熟了,就跟猎狗似的!"奥格涅夫接着说,"我差不多每天都到您这儿来,有十几次在这儿过夜。我喝过的露酒那么多,现在想起来怪害怕的。最叫我感激的一件事,加甫利伊尔·彼得罗维奇,那就是您的合作和帮助。没有您,我就得为我的统计工作在此地忙到十月间去了。我要在我的序言里写上这样一笔:承蒙某县地方自治局执行处主席库兹涅佐夫的盛情合作,我认为我有责任向他谨致谢忱。统计学的前途光明灿烂呀!请您替我向薇拉·加甫利洛芙娜致意,请您代我转告那些医生、那两位侦讯官、您那位秘书,就说我永远也忘不了他们的帮助!现在,老先生,我们再来拥抱一下,最后一次接吻吧。"

浑身瘫软的奥格涅夫再一次跟老人接吻,然后走下台阶。走到最后一级台阶上,他回过头来问道:

"我们以后还会见面吗?"

"上帝才知道!"老人回答说,"多半不会了!"

"是的,这是实话!不论什么事情都不能把您拉到彼得堡去,我呢,日后也未必会再到这个县里来了。好,别了!"

"您还是把那些书留在我这儿的好!"库兹涅佐夫望着他的后影嚷道,"您何苦提着这么重的东西呢?明天我派人给您送去好了。"

然而奥格涅夫已经听不见。他正在很快地离开这所房子。他的心给酒弄得暖烘烘的,洋溢着快活、亲切、忧伤。……他一面走一面想:在生活里常有机会遇见好人,然而可惜,这种相遇除了回忆以外什么也不会留下。往往有这样的情形,天边飞过几只仙鹤,微风送来它们又悲凉又欢畅的叫声,然而过了一分钟,不管怎样眼巴巴地眺望蓝色的远方,却再也看不见一个黑点,听不见一点声音了,在生活里,人们以及他们的音容笑貌也正是这样一掠而过,沉没在我们的过去里,什么也留不下,只在我们的记忆里留下淡淡的痕迹罢了。伊凡·阿历克塞伊奇从今年春天起就在这个县里住下,几乎天天到殷勤的库兹涅佐夫家里来,已经跟这个老人,跟他的女儿,跟他的仆人处得很熟,把他们看作亲人一样,至于整个这所房子、舒适的露台、曲折的林荫道、厨房和浴室上面的树木的轮廓,他也完全摸熟,可是此刻他一走出那个边门,所有这一切就都变成回忆,对他来说永远失去它们的真实意义,再过上一两年,所有这些可爱的形象就会在他头脑里变得模糊,类似虚构和幻想出来的东西了。

"在生活里再也没有什么东西比人更宝贵的了!"深受感动的奥格涅夫想,沿着林荫道往边门走去,"再也没有了!"

花园里安静而温暖。空气中弥漫着木樨草、烟叶、天芥菜的香味,这些花草还没有在花坛里凋谢。在灌木和树干之间的空隙里飘浮着柔和的薄雾,让月光照得透明。那一团团近似幽灵的雾慢腾腾,然而可以看得清清楚楚地依次越过林荫道,飘走了,后来这景色久久地留在奥格涅夫的记忆里。月亮高挂在花园的上空,月亮下面一团团透明的薄雾往东方游去。整个世界似乎就是由黑色的阴影和浮动的白色阴影构成的。奥格涅夫大概是生平第一次看见八月间月夜的雾,觉得自己看见的不像是大自然,而像是舞台布景:有些不高明的制造烟火的技师伏在灌木丛后面,打算用白色烟火照亮花园,却把一团团白烟连同亮光一齐放到空中来了。

奥格涅夫走到花园边门那儿,看见一个黑影离开不高的篱栅,向他走来。

"薇拉·加甫利洛芙娜!"他快活地说,"您在这儿吗?我却到处找啊找的,想跟您告别。……再见,我要走了!"

"这么早吗?现在才十一点钟呢。"

"不,该走了!我有五俄里的路要走,还要收拾行李。明天还得早起。……"

奥格涅夫面前站着库兹涅佐夫的女儿薇拉,一个二十一岁的姑娘,经常神态忧郁,装束随随便便,很招人喜欢。凡是喜爱幻想,成天价躺着,随手抓到书就懒洋洋地读下去的姑娘,凡是感到烦闷和忧郁的姑娘,总是不注意打扮的。对那些天生风雅又有审美的本能的姑娘说来,这种漫不经心的装束反而使她们平添了一种特殊的魅力。至少,后来奥格涅夫每逢想起俊俏的薇罗琪卡①,总是不由得想起她穿一件肥大的短上衣,腰部有着很深的褶子,可又不贴紧身体,还想起她梳得很高的头发里溜出一绺鬈发,披散在她的额头上,还想起她每到傍晚总是带着一块编结的红色围巾,边上垂着许多毛茸茸的小圆球,软绵绵地披在她的肩膀上,像无风的天气里的一面旗帜,每到白天它就被揉成一团,丢在门厅里那些男人的帽子旁边,或者丢在饭厅里一口箱子上,随那只老猫毫不客气地趴在上面睡觉。她这块围巾和她上衣的那些褶子总是带着一种自由懒散、不爱出门、心平气和的气息。也许因为奥格涅夫喜

---

① 薇拉的爱称。

欢薇拉,他才能在她每个小纽扣上,每条小皱褶中看出亲切、舒适、纯朴,看出优美和诗意,这些正是不诚恳的、丧失美感的、冷淡的女人所没有的。

薇罗琪卡身材好看,五官端正,头发美丽地拳曲着。奥格涅夫生平看见的女人很少,觉得她称得上是个美人。

"我要走了!"他说,在边门旁边跟她告别,"请您不要记住我的坏处!谢谢您待我的种种好处!"

他仍旧用他跟老人谈话时候那种教会中学学生唱歌般的声调讲话,仍旧眨巴眼睛,耸动肩膀,他开始为薇拉的款待、亲切、殷勤向她道谢。

"我写给我母亲的每一封信上都谈到您。"他说,"如果大家都像您和您父亲一样,那么,这个世界上的生活就太快乐了。您家里的人都厚道!全是纯朴、亲切、诚恳的人。"

"您现在准备到哪儿去?"薇拉问。

"现在我要到奥廖尔去探望我的母亲,大约在她那儿住两个星期,然后就到彼得堡去工作。"

"以后呢?"

"这以后吗?我要工作一个冬天,到来年春天再到一个什么县里去搜集材料。好,祝您幸福,长命百岁……请您不要记住我的坏处。以后我们不会再相见了。"

奥格涅夫低下头,吻薇罗琪卡的手。随后在沉默的激动中,他把身上的斗篷理一理好,把那捆书提得舒服点,沉吟一阵,说道:

"这雾越来越大了!"

"是的。您有什么东西忘在我们家里吗?"

"有什么东西呢?好像没有什么东西了。……"

奥格涅夫默默不语地呆站了几秒钟,然后笨拙地转过身,往边门走去,终于走出了这个花园。

"等一等,我送您一程,送到我们的树林边上。"薇拉说着,在他身后跟上来。

他们顺大路走着。现在树木不再遮蔽辽阔的空间,人可以看见天空和远方了。整个大自然仿佛戴着一层面纱,藏在朦朦胧胧而又透明的烟雾里,它的美丽隔着这层烟雾鲜明地透露出来。那些更浓更白的雾不均匀地停在灌木丛和干草堆周围,或者一团团飘过大路,贴紧地面,仿佛极力避免遮蔽辽阔的空间似的。透过这些雾霭,可以看见整个这条大路通到树林那边,道路两旁是黑水沟,沟里长着些矮小的灌木,妨碍一团团白雾飘浮过去。离边门半俄里远,就是库兹涅佐夫家的一片黑压压的树林。

"为什么她跟着我走呢?这样一来,我就得把她送回去!"奥格涅夫暗想,然而他看了看薇拉,又亲切地微笑着,说:

"这么好的天气,我简直不想走了!这是一个真正富于浪漫气息的傍晚,有月亮,又安宁,样样齐备啊。您猜怎么着,薇拉·加甫利洛芙娜?我在这个世界上活了二十九年,可是还没谈过一次恋爱呢。我生平从来也没经历过风流韵事,什么幽会啦、林荫道上的叹息啦、接吻啦,我只是听人家说说罢了。这不正常!在城里,坐在公寓房间里,就留意不到这种缺陷,可是来到这儿,在新鲜的空气里,这个缺陷却强烈地感觉到了。……不知怎么,想起来心里就不好受!"

"可是您怎么会这样的呢?"

"我不知道。大概我有生以来一直没有闲工夫吧,也许只是没有机会遇见一个女人能够使我……大体说来我熟人很少,也不常出门。"

两个年轻人默默地走出三百步光景。奥格涅夫瞧着薇罗琪卡没戴帽子的头和围巾,春天和夏天的那些日子就接连在他心里再现,在那段时期,他远远地离开彼得堡他那灰色的公寓房间,一直享受着好人们的亲切款待,陶醉在大自然和他所喜爱的工作中,没有工夫注意朝霞怎样跟晚霞交替,各种迹象接连预告夏季结束:先是夜莺不再歌唱,再就是鹌鹑不再啼叫,过了不久长脚秧鸡也停止叫唤了。……时间不知不觉飞过去,可见生活是过得轻松愉快的。……他清楚地想起,他这个境况不富裕而且不习惯活动和交际的人,四月底本来闷闷不乐地来到这个县城,预料会在此地过得烦闷而寂寞,人们对于他认为目前在科学中占最重要地位的统计学会漠不关心。四月里一天早晨,他到达这个小小的县城后,就在旧教徒利亚布兴的客栈里住下,每天出二十戈比的房钱,租到一个明亮干净的房间,然而有个条件:屋里不准吸烟。他休息一阵,问明这个县里的地方自治局执行处主席是谁,然后立刻步行去找加甫利伊尔·彼得罗维奇。他得走四俄里的路,穿过茂盛的草场和幼林。百灵鸟在白云下面翻飞,像在颤抖,使得空中充满它们银铃样的啼声。白嘴鸦沉着威严地拍动翅膀,在绿油油的田野上空飞翔。

"上帝啊,"那时候奥格涅夫惊奇地暗想,"莫非这儿永远可以呼吸到这样的空气,还是只因为我来了,今天才有这种清香呢?"

他预料会受到敷衍了事的冷淡接待,因此怯生生地走进库兹涅佐夫家里,皱起眉头看人,拘谨地拉扯自己的胡子。老人先是皱起额头，不明白地方自治局执行处对这个年轻人和他的统计工作有什么用处，不过等到年轻人对他详细说明什么叫作统计资料，这种资料到哪儿去收集，加甫利伊尔·彼得罗维奇才活跃起来，现出笑容，带着孩子气的好奇心翻看他的笔记簿。……当天傍晚伊凡·阿历克塞伊奇已经坐在库兹涅佐夫家里吃晚饭，喝下不少烈性的露酒，很快就有了醉意。他看着新相识们平静的脸色和懒散的动作，不由得周身感到一种舒服而困倦的慵懒，这种感觉是人想睡觉、伸懒腰、微笑的时候才会有的。那些新相识好心地瞧着他，问起他的父母是不是都在世，他一个月挣多少钱，是不是常去看戏。……

奥格涅夫回想他怎样到乡间去旅行、野餐、钓鱼，大家怎样成群地到女修道院去访问女院长玛尔法，她怎样送给每个客人一个玻璃珠钱包。他还想起那些纯粹俄国式的、激烈而毫无结果的争论，论敌们唾星四溅，用拳头敲着桌子，互不了解，彼此打岔，自己也没有

留意到每句话都自相矛盾,不断更改话题,等到吵了两三个钟头后,大家才笑着说:

"鬼才知道我们在吵什么!从健康问题吵起,结果却吵到死亡问题上来了!"

"您还记得那一回我、您、那位大夫一块儿骑着马到谢斯托沃村去吗?"伊凡·阿历克塞伊奇对薇拉说,这时候他们快要走到树林了,"那一次我们还遇到一个疯疯癫癫的苦行教徒。我给他一枚五戈比铜钱,可是他在胸前画了三次十字,把铜钱扔到黑麦田里去了。上帝啊,我要带走那么多的印象,如果把那些印象合在一起,捏成一团,那肯定会成为黄澄澄的一锭金子呢!我不懂那些头脑聪明、十分敏感的人为什么挤在大城市里,却不到此地来。难道在涅瓦大街上,在那些又大又潮的房子里,倒比这儿更空旷,比这儿有更多的真理?真的,我觉得,我那个公寓里竟然从上到下住满画家、科学家、记者,这简直是偏见在作祟呢。"

离树林二十步远,有一座又小又窄的木台横架在大路上,台的四角立着小小的木墩。每天傍晚散步,库兹涅佐夫家里的人和他们的客人总是把这座木台当作歇脚的地方。在这儿,谁要是高兴的话,就可以喊一声而听到树林的回声,在这儿还可以看见大路伸进树林,变成漆黑的林中小路了。

"好,这儿是小木台!"奥格涅夫说,"现在您该往回走了。……"

薇拉站住,喘一口气。

"我们来坐一会儿,"她说着,在一个小木墩上坐下,"人们在临行告别的时候,照例都得坐下来。"

奥格涅夫就挨着她,在那捆书上坐下来,继续讲话。她走了不少路,有点气喘,眼睛没有看着伊凡·阿历克塞伊奇,却瞟着旁边一个什么地方,因此他看不见她的脸。

"万一十来年以后我们重逢,"他说,"那时候我们会是什么样子呢?您一定已经做了一个家庭的可敬的母亲,我呢,写了一本谁也不需要的、大部头的统计学著作,有四万本书那么厚哩。我们见了面,就回想过去的事。……眼下我们感觉到'现在','现在'抓住我们,使我们激动,然而将来我们相会的时候,我们就不会再记得我们最后一次在这座木台上见面是在哪一天,哪一个月,甚至哪一年也记不得了。您恐怕变了样儿。……您听我说,您会变样吗?"

薇拉打个哆嗦,回过脸来看他。

"什么?"她问。

"刚才我问您话来着。……"

"请您原谅,我没有听见您说的话。"

一直到这时候,奥格涅夫才看出薇拉起了变化。她脸色苍白,上气不接下气,她呼吸颤抖,这种颤抖传到了她手上、嘴唇上、脑袋上。这时候,从她头上滑到她额头上来的鬈发,已经不像往常那样是一绺,而是两绺了。……显然她避免正眼看他,极力掩饰她的激动,时而整一整她的衣领,仿佛衣领刺痛了她的脖子似的,时而把她的红围巾从这个肩膀上拉到那个肩膀上。……

"您大概觉得冷了,"奥格涅夫说,"在雾里坐着对身体不大好。我来送您回家去①吧。"

薇拉沉默不语。

"您怎么了?"伊凡·阿历克塞伊奇笑吟吟地说,"您闭着嘴,不回答我问的话。您是身体不舒服呢,还是怄气了?啊?"

薇拉用手掌捂紧她向奥格涅夫转过来的半边脸,可是马上又缩回手。

"可怕的局面啊……"她小声说着,脸上现出剧烈的痛苦神情,"可怕!"

"什么事情可怕呢?"奥格涅夫问道,耸着肩膀,没有掩饰他的惊讶,"什么事情呢?"

薇拉仍旧呼吸急促,肩膀牵动,扭过脸去,背对着他,看了一会儿天空,说:

---

① 原文为德语。

"我有话要跟您说,伊凡·阿历克塞伊奇。……"

"我听着呢。"

"您也许会觉得奇怪。……您会大吃一惊的,不过我也顾不得了。……"

奥格涅夫又耸动一下肩膀,准备好听她讲话。

"是这样的……"薇罗琪卡开口了,低下头,手指揪着她围巾上的小球,"您要知道,我打算跟您说的话……是这样的。……您会觉得奇怪,觉得……荒唐,可是我……我再也忍不住了。"

薇拉的话渐渐变成含糊的喃喃声,而且忽然被哭声打断。姑娘用围巾蒙上脸,把头垂得更低,伤心地哭起来。伊凡·阿历克塞伊奇心慌意乱地嗽了嗽喉咙,暗暗吃惊,不知道该说什么好,也不知道该怎么办,狼狈地往四周看一眼。他不习惯于看见眼泪,听着哭声,结果他自己的眼睛也发痒了。

"哎,别这样!"他慌张地嘟哝说,"薇拉·加甫利洛芙娜,请问,这都是怎么回事呢?好姑娘,您……您病了吗？或者有人欺负您？您说出来，也许我那个……我能帮您的忙。……"

他极力安慰她，大起胆子，小心地移开她蒙着脸的两只手，不料她含着眼泪对他微笑着，说道：

"我……我爱您！"

这句简单而平常的话是用一般人那种普普通通的语言说出来的，然而这却使奥格涅夫十分狼狈，从薇拉面前扭过脸去，站起身来。他狼狈了一阵，接着又感到害怕了。

由告别和露酒在他心头引起的忧郁、热烈和感伤的心情，突然烟消云散，紧跟着产生了一种强烈的不愉快的尴尬感觉。他的心似乎在他身子里翻了个身。他斜起眼睛看着薇拉。现在她，自从对他吐露她的爱情以后，就失去了给女人平添魅力的那种高不可攀的风度，依他看来她显得比先前矮小，平庸，黯淡多了。

"这是怎么回事？"他战战兢兢地暗自想道，"可是我到底……爱不爱她呢？问题就在这儿！"

她呢,既然终于把最重要、最难于启齿的话说出了口,反倒呼吸得轻松自在了。她也站起来,直直地看着伊凡·阿历克塞伊奇的脸,很快而又热烈地讲起来,止也止不住。

如同一个猝然受惊的人事后想不起在那吓坏他的大祸发生以后紧接着出现过一些什么声音一样,奥格涅夫也想不起薇拉说了些什么话,用了些什么字眼。他只记得她的话的大意、她本人的神态、她的话在他心里引起的感觉。他记得她的语声激动得好像透不出气来,有点嘶哑,她的音调异常好听,而且热情。她又哭又笑,睫毛上闪着泪花,对他说:从她和他相识的头一天起,他那种新奇脱俗的风度、他的才智、他那对善良而聪明的眼睛、他的工作和生活目标,就打动她的心,从此她就热烈、疯狂、深深地爱上他了。今年夏天每逢她从花园回来,走进正房,看见门厅里放着他的斗篷或者远远地听见他的说话声,她心里就洋溢着一种凉爽的快意和幸福的预感。他哪怕说一句毫无意义的笑话,也会引得她扬声大笑,她在他笔记簿上每个数目字里都看出不同寻常的聪明而伟大的意义,他那根有节疤的手杖在她心目中显得比树木还要美丽。

树林也好,一团团雾也好,大路两旁的黑沟也好,好像都安静下来,听她讲话,可是奥格涅夫的心里却生出一种不妙的、奇怪的感觉。……薇拉倾吐着她的爱情,变得美丽迷人,她讲得又流畅又热情,然而他并没有像他所希望的那样感到愉快,感到生活的乐趣,却只对薇拉生出怜悯的心情,想到有个好人为他受苦便觉得痛苦和抱歉。这究竟是由于他读书过多,理智特别发达呢,还是因为他已经习惯于一种常常妨碍人们生活的、难于克制的客观态度,那就只有上帝知道了,总之,薇拉的痴迷和痛苦依他看来反而显得腻人,不严肃,但是同时,他的感情却在他心里愤愤不平,小声对他说:他目前所见到和听到的一切,从自然观点和个人幸福的观点看来,比任什么统计学、书本、真理都严肃。……他恼恨自己,责怪自己,可又不明白他究竟错在哪儿。

使得他越发困窘的是,他简直不知道该说什么好,然而他又非说话不可。照直地说"我不爱您",他说不出口,至于说"对了,我爱您",他也办不到,因为不管他怎样搜索,他也不能在他心里找到一丝这样的感情。……

他没有开口,可是这当儿她却在说:只要能够看见他,只要能够跟着他,哪怕此刻就到他要去的地方去,只要能够做他的妻子和助手,在她就是无上的幸福了,又说他如果撇下她走掉,那她就会苦闷得死掉。……

"我在这儿待不下去!"她绞着手说,"这所房子也好,这个树林也好,这种空气也好,都惹得我讨厌。我受不了这种永远不变的安宁和没有目标的生活,受不了我们那些平庸无才的人,他们彼此十分相像,就跟水滴一样。他们亲热,和善,那是因为他们都吃得很饱,没有受苦,也没有斗争。……我倒巴不得住到那些又大又潮的房子里去,跟人们一起受苦,受工作和贫困的煎熬。"

这些话奥格涅夫听着也觉得甜腻，不严肃。等到薇拉讲完，他仍旧不知道该说什么好，可是再沉默下去不行了，于是他喃喃地说：

"我，薇拉·加甫利洛芙娜，很感激您，可是我觉得我无论如何也配不上……您那方面的……感情。其次，我是个诚实的人，因此不得不说明……幸福是建立在对等的关系上的，那就是说双方……同样相爱……"

可是奥格涅夫立刻为他这些含糊的话害臊，就沉默了。他觉得这时候他的脸色一定愚蠢、惭愧、呆板，觉得他的面容紧张而不自然。……薇拉大概从他脸上识破了真情，因为她忽然神态严肃，脸色苍白，低下了头。

"请您原谅我，"奥格涅夫受不住这种沉默，又喃喃地说，"我非常尊敬您，所以我……很难过！"

薇拉猛地扭转身，很快地走回庄园去。奥格涅夫跟在她后面。

"不,不必了!"薇拉对他摆一摆手说,"您不用跟来,我一个人能回去。……"

"不,总……不能不送您啊。……"

不管奥格涅夫说什么,他老觉得他没有一句话不是死板可憎的。他越往前走,他那种负疚的感觉就越是在他心里滋长。他生气,握紧拳头,骂自己冷漠,不会跟女人周旋。他极力挑动自己的感情,就瞧着薇拉美丽的身材,瞧着她的辫子,瞧着她那双小脚在布满灰尘的大路上留下的足迹,回想她的话语和眼泪,可是这一切只能感动他,却不能使他神魂飘荡。

"唉,人总不能强迫自己去爱一个人啊!"他暗自分辩道,同时他又暗想,"那么哪会儿我才能不用强迫自己而爱上一个人呢?我已经将近三十岁了!我从没遇见过比薇拉更好的女人,以后也绝不会遇到。……啊,这种该死的未老先衰!刚三十岁就老了!"

薇拉在他前面越走越快,低下头,始终没有扭过脸来看他一眼。他觉得她好像伤心得瘦多了,肩膀也窄多了。……

"我想得出来现在她心里是什么滋味!"他瞧着她的后背,心里暗想,"她一定害羞极了,痛苦极了,恨不得一死了之!上帝啊,这里面有那么多的生命、诗情、意义,连石头都会受感动呢,可是我呢……我又愚蠢又荒谬!"

薇拉走到边门那儿,匆匆看他一眼,就低下头,系好围巾,沿着林荫路很快地走去。

这时候只剩下伊凡·阿历克塞伊奇一个人了。他慢腾腾地走回树林,屡次停住脚,回过头去往边门那边看,周身上下现出一种仿佛不能相信自己的神情。他用眼睛在大路上寻找薇罗琪卡的脚印,不相信他很喜欢的这个姑娘刚才对他倾吐过她的爱情,也不相信他那么笨拙粗鲁地"拒绝"了她!他这才生平第一次凭切身经验相信人的行动是很少由自己的心意决定的,而且亲身体会到一个正派诚恳的人,违背本心惹得亲近的人受到残酷的、不应得的痛苦后,会处在什么样的局面里。

他的良心感到痛苦。等到薇拉消失,他才开始感到他失去了一种很宝贵、很亲近、从此再也找不回来的东西。他觉得他的一部分青春随着薇拉一齐从他身边溜走,觉得他白白放过的那种机会再也回不来了。

他走到小木台那儿,站住,沉思。他一心想找到他这种古怪的冷漠的原因。他明白,这个原因不在外部,而在他的内心。他坦白地对自己承认:这不是聪明人常常夸耀的那种理智的冷静,也不是自私自利的蠢人的那种冷淡,而纯粹是他心灵的软弱,没有能力深刻地领会美,再加上他所受的教育、纷扰的谋生斗争、单身的公寓生活等,已经促使他过早地衰老了。

他从小木台上慢腾腾地往树林走去,仿佛不愿意走掉似的。树林里一片漆黑,然而东一块西一块地闪着明晃晃的月光,他来到这个他除了自己的思想外什么也感觉不到的地方,不由得热切地巴望着能追回那已经失掉的东西了。

伊凡·阿历克塞伊奇记得他重又走回去。他用回忆鼓舞自己,强制自己想象薇拉的模样,很快地往花园里走去。大路上和花园里,白雾已经消散,晶莹的月亮在天空俯视下界,仿佛刚刚洗过脸似的,只有东方还是雾气蒙蒙,天色阴暗。……奥格涅夫至今还记得他谨慎的脚步声、那些黑暗的窗口、木樨草和天芥菜的浓重气味。他熟识的卡罗①好意地摇着尾巴,走到他跟前来,闻他的手。……四下里只有这一个活的生物看见他绕着房子走了两圈,在薇拉那乌黑的窗口站了一会儿,然后摆一摆手,深深叹口气,走出花园去了。

过了一个钟头,他走到城里,筋疲力尽,灰心丧气,把他的身子和发热的脸倚在客栈的大门上,敲门。城里不知什么地方,有一条狗半睡半醒地吠叫,教堂附近有人打响一块铁板②,仿佛在回答他的叩门声

---

① 狗的名字。
② 指守夜人打更。

似的。……

"半夜三更的,老在外面逛荡……"客栈老板,那个旧教徒,穿一件像是女人衣服的长衬衫,走来给他开门,嘴里嘟哝着,"与其在外面逛荡,还不如祷告上帝的好。"

伊凡·阿历克塞伊奇走进自己的房间,往床上一坐,对着灯光呆看了很久很久,然后摇一下头,着手收拾行李。……

仇　　敌

九月里一个黑暗的夜晚,九点多钟,在地方自治局医生基利洛夫家里,他的独生子,六岁的安德烈,害白喉症死了。医生的妻子在死去的孩子小床前面跪下,绝望刚刚抓紧她的心,忽然门厅里响起了门铃声。

由于家里有白喉病人,所有的仆人从那天早晨起就都已经从家里给打发出去了。基利洛夫没穿上衣,只穿着解开了扣子的坎肩,也没擦干泪痕斑斑的脸以及被石碳酸烫伤的手,就这样亲自走去开门了。门厅里光线阴暗,他只看得见走进门的那个人长得中等身材,围一条白围巾,现出一张大脸,脸色非常白,白得仿佛他一进门连门厅都亮了点似的。……

"大夫在家吗?"来人很快地问道。

"我在家,"基利洛夫回答说,"您有什么事?"

"哦,就是您?很高兴!"来人快活地说着,开始在黑暗中找医生的手,后来找到了,就用自己的两只手紧紧握住那只手,"我很……很高兴!我跟您见过面的!……我姓阿包京……今年夏天在格努切夫家里荣幸地见过您!正好碰上您在家,我很高兴。……请您看在上帝面上,不要推辞,马上跟我一块儿走。……我的妻子病得很重。……我坐着马车来的。"

从来人的声调和动作可以看出他心情十分激动。他仿佛让火灾或者疯狗吓坏了,几乎压不住急促的呼吸,讲话很快,语音发颤,所讲的话带着毫不做作的诚恳和孩子气的畏怯口吻。他如同一切惊恐和吓坏的人一样,讲着简短而不连贯的句子,说了许多完全不贴题的和多余的话。

"我生怕您不在家,"他接着说,"我坐车来找您,一路上心里痛苦极了。……请您看在上帝面上,穿好衣服,跟我一块儿走。……事情是这样的:巴普钦斯基来找我,他就是亚历山大·谢敏诺维奇,您认得的。……我们就谈起天来……后来坐下喝茶,忽然我妻子大叫一声,按住心口,倒在椅子的靠背上。我们把她扶上床,我……我就用阿莫尼亚水擦她的两鬓,把水洒在她脸上……她躺在那儿跟死人一样。……我生怕这是动脉瘤症。……我们走吧。……她父亲就是害动脉瘤症死的。……"

基利洛夫听着,一句话也没说,好像听不懂俄国话似的。

等到阿包京再一次讲到巴普钦斯基,讲到他妻子的父亲,又在黑暗中找他的手,医生才摇摇头,开口了,而且淡漠地拖长每个字的字音:

"对不起,我不能去。……五分钟以前,我的……儿子死了。……"

"真的吗?"阿包金小声说,倒退一步,"我的上帝啊,我来得多么不是时候!这真是个出奇不幸的日子……出奇啊!多么凑巧……好像是故意这么安排好了似的!"

阿包金抓住门拉手,低下头,沉思了。他分明在踌躇,不知道该怎么办才好:是告辞走掉呢,还是继续央求医生。

"您听我说,"他热烈地说道,抓住基利洛夫的衣袖,"我很了解您的处境。上帝看得见,我在这样的时候来麻烦您,实在觉得难为情,不过我有什么办法呢?您想想看,我能去找谁呢?要知道,此地除了您以外,就没有别的大夫了。看在上帝面上,去一趟吧!我不是为我自己求您。……害病的不是我!"

接着是沉默。基利洛夫扭转身去用背对着阿包金,站了一会儿,慢慢走出门厅,来到客厅。凭他那种不稳定的、心不在焉的步态看来,凭他在客厅里把一盏没点亮的灯上的毛茸茸的灯罩扶正,又看一眼摊在桌上的一本厚书的专心神情看来,这时候他既没有什么主见,也没有什么愿望,脑子里根本没有什么想法,大概已经不记得他家门厅里站着一个外人了。客厅里的昏暗和寂静显然使他越发麻木。他从客厅走进他的书房,不必要地把右腿抬得过高,伸出手去摸索门框,同时他全身流露出茫然的神态,仿佛闯进别人的家里,或者生平第一次喝醉酒,眼前正在困惑地体验这种新的感觉似的。有一道宽阔的亮光越过书架,照到书房的一面墙上,书房有一道门通到卧房,这道光同石碳酸和酒精的浓重窒闷的气味就是从微微拉开的卧房门缝里漏过来的。……医生在桌子前面一把圈椅上坐下,呆呆地朝桌上一本被灯光照亮的书,瞧了一会儿,然后站起来,走进卧房去了。

这儿,在卧房里,是死一般的寂静。一切,就连顶小顶小的东西,都在雄辩地述说着不久以前才过去的那场风暴,述说着疲劳。如今一切都在休息。一支蜡烛立在一张方凳上,夹在密密层层的药瓶、药盒、药罐中间,一盏大灯放在五屉柜上,它们把整个房间照得明亮耀眼。靠近窗口的床上,躺着一个男孩,睁着眼睛,脸上现出惊讶的神情。他不动弹,然而他那对睁开的眼睛似乎在一刻不停地变黑,越来越深地陷进眼眶里去。他母亲跪在床前,两条胳膊放在他身上,脸埋在被子的皱褶里。她像那个男孩似的一动也不动,然而她那扭弯的身体和那两条胳膊显出多么生动的活力啊!她把全身扑到床上,用尽力气如饥似渴地贴紧它,仿佛好容易才给她那疲乏的身体找到安宁舒适的姿势,生怕变动它。被子啦,抹布啦,水盆啦,地板上的水渍啦,丢得到处都是的小画笔和调羹啦,装着石灰水的白瓶子啦,使人窒息的沉闷空气啦,这些都已经死亡,似乎沉浸在安宁里了。

医生在妻子身旁站住,两只手插在裤袋里,偏着头,定睛瞧着他的儿子。医生脸上现出冷漠的神情,只有凭他胡子上发亮的泪珠才看得出他刚刚哭泣过。

人们谈到死亡而想到的那种阴森吓人的恐怖,在这个卧房里却不存在。这儿普遍的麻木、母亲的姿势、医生脸上的冷漠神情，都含着一种吸引人和打动人心的东西，也就是包藏在人类哀愁中那种细致而不易捉摸的美。人们还不会很快就领会或者描写这种美，恐怕只有音乐才能把它表达出来。就连房间里这种阴郁的寂静也可以使人感到那种美。基利洛夫和他的妻子没开口说话，也没哭，似乎他们除了感到失去儿子的惨痛以外，还感到他们处境的凄凉：如同从前他们的青春在某个时期消失了一样，眼前他们养育儿女的权利也随着男孩的死亡永远消失了！医生四十四岁，头发已经花白，看上去像个老人，他那憔悴多病的妻子三十五岁了。安德烈不仅是他们的独生子，而且也是最后一个孩子了。

跟妻子相反，医生是那种一感到精神痛苦就想活动一下的人。他在妻子身旁站了五分钟光景，就走开，高高地抬起右腿，从卧房走进一个小房间，那儿有一半地方让一个又大又宽的长沙发占据了。然后他又从这儿走进厨房。他在火炉旁边和厨娘的床边徘徊一阵，然后弯下腰，穿过一道小门，到了门厅。

在这儿他又看见白围巾和白脸。

"总算来了！"阿包金吁一口气说，伸手抓住门拉手，"我们走吧，劳驾！"

医生愣一下，看着他，想起来了。……

"您听我说，我已经跟您说过，我不能去！"他说着，振作起来，"这多么奇怪！"

"大夫，我不是木头人，我很清楚您的处境……我同情您！"阿包金用恳求的声调说，把手放到围巾上，"不过要知道，我不是为自己求您。……我的妻子就要死了！要是您听到那声喊叫，见过她的脸，您就会明白我为什么这样固执！我的上帝，我本来当是您去穿衣服的！大夫，时间宝贵！走吧，我求求您！"

"我不能去！"基利洛夫一个字一个字地说，然后迈步走进客厅。

阿包金跟在他后面，抓住他的衣袖。

"您有伤心事,这我明白,不过要知道,我请您去也不是治牙痛,更不是去做法院鉴定人,而是去救一条人命!"他继续像乞丐那样恳求道,"人命比一切个人的悲痛都要紧!是啊,我请您拿出勇气,拿出英雄气概来!我用博爱的名义请求您!"

"博爱可是两头都能打人的棍子,"基利洛夫生气地说,"我也用博爱的名义请求您不要把我拉走。这多么奇怪,真是的!我站都站不稳,可是您却用博爱来吓唬我!我现在什么事也做不成……我说什么也不能去,再者我把妻子托付给谁呢?不行,不行。……"

基利洛夫摆着手,往后倒退。

"而且……而且您也不用求我!"他惊慌地继续说,"请您原谅我。……按照第十三卷法规的规定,我非去不可,您有权利抓住我的衣领硬拉我走。……请吧,您拉吧,可是……我不行。……我连话都说不动。……请您原谅。……"

"您,大夫,不该用这种口气跟我讲话!"阿包金又拉住医生的衣袖说,"什么十三卷不十三卷,去他的!我没有任何权力强制您去。您愿意去就去,不愿意去也随您,然而我不是对您的意志讲话,我是对您的感情讲话。一个年轻的女人就要死了!您说您的儿子刚死,那么除了您还有谁会了解我的恐慌呢?"

阿包金的声音激动得发颤。这种颤音和这种口气比他的话语动听得多。阿包金本心是诚恳的,可是值得注意的是,不管他说什么,他的话总显得做作,缺乏感情,华而不实,很不得体,对医生家里的空气也罢,对那个正在不知什么地方垂危的女人也罢,简直像是侮辱。他自己也感觉到这一点,生怕别人误解,因此极力给他的声调添上委婉和柔和,为的是即使不能用他的话语折服人,至少也让他诚恳的声调感动人。一般说来,话无论说得多么漂亮和深刻,也只能影响不关痛痒的人,却不见得总能满足幸福的或者不幸的人。就因为这个缘故,沉默才常常成为幸福或者不幸的最高表现。一对爱人倒是在沉默的时候才更加互相了解,在坟墓旁边发表的激昂慷慨的演说却只能感动外人,死者的寡妇和孩子听起来反而觉得冷酷和无聊。

基利洛夫站着,一言不发。阿包金又讲了一些话,说到医生的崇高使命,说到自我牺牲等等,于是基利洛夫郁闷地问道:

"远不远?"

"大概有十三四俄里的路。我的马好得很,大夫!老实跟您说,您来回一趟不出一个钟头。只要一个钟头就足够了!"

最后这句话对基利洛夫的影响,远比有关博爱或者医生使命之类的宏论有力量得多。他想一想,叹口气说:

"好,走吧!"

他很快地走到书房,步子也稳多了。过了一会儿,他穿一件长上衣走回来。阿包金欢欢喜喜,帮着他穿上大衣,在他四周踩着碎步忙来忙去,脚底擦着地面沙沙地响,随后跟他一块儿走出房外。

外面天色黑下来,可是比门厅里亮。在黑地里清楚地现出医生那高大伛偻的身子、又长又窄的胡子和钩鼻子。阿包金呢,除了他的白脸以外,现在还可以看清他的大头和他那顶小得刚够盖严头顶的大学生制帽。那条围巾只有前面一部分发白,后面那部分却被长头发盖住了。

"请您相信,您这种宽宏的气度我是领情的,"阿包金把医生扶上马车,喃喃地说,"我们很快就会到家。你,路卡,好朋友,把车尽量赶得快点!劳驾!"

车夫把车赶得很快。先是一排不美观的房屋沿着医院的院子伸展出去,到处都乌黑,只有院子深处一个窗子里射出明亮的光芒,射透篱墙。医院正房楼上的三个窗子也不像外面那么黑。随后马车就驶进浓重的黑暗里。这儿可以闻到带着菌子味的潮气,可以听见树叶的飒飒声。有些乌鸦给车轮的辘辘声惊醒,在树叶中间扑腾,发出仓皇悲凉的叫声,仿佛知道医生的儿子死了,阿包金的妻子病了似的。可是后来,眼前闪过孤零零的一棵棵树和一丛丛灌木,随后有一个池塘阴森地发亮,水面上睡着巨大的黑影,于是马车在一片坦荡的平原上奔驰。乌鸦的叫声落在后面很远的地方,已经变得含混,不久就完全消失了。

一路上基利洛夫和阿包金几乎没有说话。只有一次阿包金深深叹一口气,喃喃地说:

"这局面真叫人难受啊!人们爱自己的亲人再也没有比眼看就要失去他们的时候爱得更深了。"

等到马车慢慢地渡过那条河,基利洛夫突然打个哆嗦,仿佛让河水声吓坏了,身子扭动起来。

"听我说,请您放我回去,"他发愁地说,"我随后再到您家里去。我只是要请一个医士去陪陪我的妻子。她可是孤单单一个人啊!"

阿包金没说话。马车摇摇晃晃,撞着石头,驶上沙岸,往前赶去。基利洛夫在愁闷中焦急不安,瞧着周围。在淡淡的星光下,可以看见他们身后那条路和岸边那些隐没在黑暗里的柳树。右边是一片平原,跟天空那样平坦,无边无际。远处,大概在泥炭沼地里吧,零零星星点着些昏暗的灯火。左边伸展着一道高冈,跟大路平行,高冈上长着一些小灌木丛,枝叶繁茂。天空中挂着一个很大的月牙,一动也不动,颜色发红,微微蒙着一层雾,四周是些碎云,那些云好像从四面八方回过头来看它,守住它,防备它跑掉似的。

整个自然界含有绝望和痛苦的意味。大地好比一个堕落的女人,独自坐在黑房间里,极力不想往事,她觉得回忆春天和夏天太苦,如今只是冷漠地等待着不可避免的冬天。不管往哪边看,大自然处处都像个黑暗而冰冷的深渊,不论基利洛夫也好,阿包金也好,那个红色的月牙也好,都休想逃出去了。……

马车离目的地越近,阿包金就变得越是焦躁。他扭动身子,跳起来,从车夫肩上往前看。最后马车总算在一个门口停下,那儿雅致地挂着花条麻布门帘。阿包金看看楼上灯光明亮的窗子,同时医生可以听见他的呼吸声在颤抖。

"要是有个好歹,那……我就活不下去了。"他跟医生一块儿走进门厅说,激动得不住搓手。"不过这儿听不见闹哄哄的声音,可见至今还没出事。"他听一听四周的寂静,补充了一句。

在门厅,既听不见说话声,也听不见脚步声。整所房子虽然灯光明亮,却像是睡着了。医生和阿包金本来一直在黑暗里,现在才可以互相看清。医生高身量,背有点伛偻,衣服不整齐,面貌不好看。他那像黑人般的厚嘴唇、钩鼻子、冷淡无光的眼睛,现出一种不招人喜欢的生硬、阴沉、严峻的神情。他那没有梳理的头发,瘪下去的鬓角,稀疏得露出下巴的长胡子那种未老先衰的花白颜色,灰白的皮肤,漫不经心、笨头笨脑的举止,所有这些都显得那么冷漠,使人想到他历年的贫穷和厄运,对生活和对人的厌倦。看着他那干瘦的身材,谁也不会相信这个人能有妻子,他能为儿子痛哭。阿包金的相貌却是另一个样子。他是个丰满、结实的金发男子,脑袋很大,脸庞又大又温和,装束优雅,穿着最时新的衣服。他的风度、扣紧纽扣的上衣、长头发、面容都使人感到一种高贵的、狮子般的气概。他走路昂起头,挺起胸脯,说话用的是好听的男中音。他拿掉围巾或者抚平头发的姿态流露出细腻的、几乎可以说是女性的秀气。就连他一面脱衣服、一面朝楼上张望的时候那种苍白的脸色和孩子气的恐惧,也没有破坏他的风度,冲淡他周身洋溢着的饱足、健康、自信的神态。

"这儿看不见一个人,也听不见什么声音,"他说着,走上楼去,"也没有忙乱的样子。上帝保佑!"

他领着医生穿过门厅,走进一个大厅,那儿放着一架乌黑的钢琴,挂着一个蒙着白套子的枝形烛架。他们两个人从这儿走进一个十分舒适漂亮的小客厅,那儿弥漫着好看的、半明半暗的粉红色亮光。

"好,请您在这儿坐一会儿,大夫,"阿包金说,"我呢……马上就来。我去看一看,通知一下。"

基利洛夫就一个人留在这儿。尽管客厅豪华,半明半暗的灯光使人感到舒服,而且他到这个不相识的生人家里来未免有点离奇,可是这些分明都没有打动他的心。他坐在一把圈椅上,瞅着自己那双被石碳酸灼伤的手。他只随便看一眼鲜红的灯罩和提琴盒,斜起眼睛往钟声滴答的那边瞟一眼,发现一只制成标本的死狼,也像阿包金本人那样结实和饱足。

四下里静悄悄的。……在那些互相连接的房间里,远处不知什么地方,有人高声喊了一下"啊!",随后大概是一口立橱的玻璃门哐啷一响,过后一切又归于沉寂。基利洛夫等了五分钟光景,不再瞅自己的手,却抬起眼睛看门口,阿包金原是从那儿走出去的。

这当儿阿包金正好站在门口,然而已经不是刚才出去的那个阿包金了。他那饱足的神情和细腻的优雅不见了,他的脸、手、姿势被一种不知是恐怖还是生理上的剧烈痛苦引起的憎恶心情弄得变了样儿。他的鼻子、嘴唇、上髭,他的整个五官都在动,仿佛要跟他的脸分开,他那对眼睛倒似乎痛苦得笑了。……

阿包金迈着沉重的大步走到客厅正中,弯下身子,发出呻吟声,摇着拳头。

"她骗了我!"他叫道,使劲念那个"骗"字,"她骗了我!她走了!刚才她害病,打发我去找大夫,只是为了跟那个小丑巴普钦斯基私奔罢了!我的上帝啊!"

阿包金迈着沉重的步子走到医生跟前,把两个又白又软的拳头伸到他的脸跟前,摇晃着,继续叫道:

"她走了!!她骗了我!哼,她何必这样作假?我的上帝!我的上帝啊!何必玩这种肮脏的骗人花招,何必玩这种恶魔一样的、毒蛇一样的把戏?她走了!"

泪水从他的眼睛里涌出来。他猛地扭转身,在客厅里走来走去。现在他穿着短上衣,一条时髦的瘦裤子裹着他的两条腿,使腿显得很细,跟身体不相称,再加上他的大头和长头发,非常像一头狮子。医生淡漠的脸上闪着纳闷的神情。他站起来,瞅着阿包金。

"对不起,病人在哪儿?"他问。

"病人!病人!"阿包金嚷着,又哭又笑,仍旧摇拳头,"她不是病人,她是个该死的人!下流!卑鄙,连魔鬼都想不出比这再卑劣的勾当!她打发我出去无非是为了跟那个小丑,跟那个呆头呆脑的丑角,跟那个面首逃跑,逃跑!啊,上帝,巴不得她死了才好!我受不了!我受不了!"

医生挺直身子。他的眼睛眨着,充满泪水,他的窄胡子随着下巴一同向左右两边颤动。

"对不起,这是怎么回事?"他问,纳闷地往四下里张望,"我的孩子死了,我的妻子在伤心,而且孤零零地待在一所空房子里……我自己也站都站不稳,有三夜没合眼了……结果怎么样呢?我给硬逼着到这儿来陪着表演这么一出庸俗的滑稽戏,当个跑龙套的!我……我不懂!"

阿包金松开一个拳头,把一张揉皱的信纸丢在地板上,用脚踩它,就跟踩一条他要弄死的虫子似的。

"以前我一直没看出来……一直没弄明白!"他咬紧牙关说,把一个拳头举到自己的脸跟前摇晃着,脸上现出仿佛有人踩了他的鸡眼那样的神情,"我没有留意到他天天都来,没有留意到他今天是坐着轿式马车来的!为什么他坐轿式马车?我却没理会!傻瓜呀!"

"我不……不懂!"医生嘟哝道,"这究竟是什么意思!是啊,这是揶揄人的尊严,嘲弄人的痛苦!真是岂有此理……这还是我生平头一回见到!"

医生现出一个刚开始明白自己受到奇耻大辱的人的惊呆神情,耸耸肩膀,摊开两只手,不知道该说什么、该做什么好,浑身无力地往圈椅上一坐。

"是啊,就算你不再爱我,你爱上别人了吧,那也由你,可是何必骗人,何必玩这种昧良心的卑鄙手段呢?"阿包金用含泪的声音说。"这是何苦?这图的是什么?我做了什么对不起你的事?您听我说,大夫,"他走到基利洛夫跟前,激昂地说,"您不由自主地做了我的不幸的见证,我也不打算把真情瞒住您。我对您赌咒:我爱这个女人,像奴隶那样百依百顺地爱她!我为她牺牲了一切:跟亲人吵翻,丢开工作和音乐,有些事情换了是我母亲或者姐妹做的,我都不会原谅,我却原谅了她。……我从没斜起眼睛看过她一次……从没做过什么对不起她的事!那么何必这样作假呢?我并不硬要她爱我,可是为什么设下这种可恶的骗局呢?你不爱我,那就直截了当,光明正大地对我说好了,特别因为你知道我对这种事的看法嘛。……"

阿包金眼睛里含着泪水,周身发抖,诚恳地把心里的话都对医生说了。他讲得激昂,两只手按住心口,一点也不犹豫地把他家庭的隐私和盘托出,甚至仿佛很高兴,因为总算把这种秘密统统从胸中挖出去了。要是让他照这样谈上一两个钟头,吐尽他的衷曲,他无疑地会好受一点。谁知道呢,假如医生肯听他讲下去,像朋友那样同情他,那么,也许就会出现常有的那种情形,他会把烦恼抛开,不再抗议,也不再去做不必要的糊涂事了。……可是事实不是这样。当阿包金讲话的时候,受了侮辱的医生却起了显著的变化。他脸上的淡漠和惊奇渐渐化为沉痛的委屈、愤慨、盛怒。他的五官变得越发凶狠、冷峻，不顺眼了。阿包金把一张年轻女人的照片举到他眼前，那女人容貌俏丽，然而神态冷漠，没有表情，像修道女一样，于是阿包金问医生说：瞧着这张脸，人能相信她会作假吗？可是医生突然跳起来，眼睛发亮，粗声粗气吐出每一个字，说道：

"为什么您给我讲这些？我不想听！不想听！"他叫道，用拳头砸一下桌子，"我不要听您那些庸俗的秘密，叫它们见鬼去吧！不准您对我讲这些庸俗勾当！莫非您以为我还没有受够侮辱？您以为我是个奴仆，就可以任人侮辱个够？是吗？"

阿包金从基利洛夫面前往后倒退，惊奇地定睛瞧着他。

"您为什么把我带到这儿来？"医生接着说，抖动着胡子，"如果您吃饱喝足了而要结婚，吃饱喝足了而要闹点花样，演这种悲欢离合的戏，那么叫我来夹在当中算是怎么回事？我跟你们的男女私情有什么相干？

别烦我！您管自去过您那种高尚的剥削生活,卖弄那些人道主义思想,玩那些乐器,"这时候医生斜眼看了一下提琴盒,"您管自去拉低音提琴,吹长号,长得跟阉鸡那么肥,可是不准您嘲弄人的尊严！如果您不善于尊重人的尊严,至少也别去碰它！"

"对不起,您这些话是什么意思?"阿包金涨红脸问道。

"这意思是说,照这样拿人开玩笑是卑鄙下流！我是医生,您把医生和一般的工作者,把那些身上没有香水气味和卖淫气息的人,统统看成奴仆和低级趣味的人①。也罢,您要这样看也由您,可是谁也没有给您权力把一个正在受苦的人当成跑龙套的！"

"您怎么敢跟我这样说话?"阿包金小声问道,他的脸又跳动起来,这一回分明是出于愤怒。

"不,您既然知道我有伤心事,您怎么敢把我弄到

---

① 原文为法语。

这儿来听这些庸俗的事情?"医生叫道,又举起拳头砸一下桌子,"谁给您权力这样嘲弄别人的悲痛?"

"您发疯了!"阿包金嚷道,"这是多么不体谅人!我自己本来就深深地不幸,而……而……"

"不幸,"医生冷笑说,"请您不要提这两个字,它们跟您毫不相干。浪子借不到钱也说自己不幸。阉鸡肥得不好受也算是不幸。无聊的人!"

"先生,您太放肆了!"阿包金尖叫道,"说这样的话……照理要挨打!您明白吗?"

阿包金匆匆地把手伸进里面的口袋,从那儿取出钱夹来,抽出两张钞票,丢在桌子上。

"这是您的出诊费!"他说,鼻孔扇动着,"给您钱就是!"

"不准您给我钱!"医生说着,把钞票从桌上拂落到地板上,"侮辱不能用钱来赔偿!"

阿包金和医生面对面站着,在气愤中继续用不得当的话互相辱骂。恐怕他们有生以来,就连在梦魇中,也从没说过这么多不公平的、恶狠狠的荒唐话。这两个人身上强烈地表现出不幸的人的自私心理。不幸的人是自私、凶恶、不公平、狠毒的,他们比傻子还要不容易互相了解。不幸并不能把人们联合起来,反而把他们拆开了。甚至有这样的情形:人们怀着同样的痛苦,本来似乎应该联合起来,不料他们彼此干出的不公平和残忍的事,反而比那些较为满足的人之间所干的厉害得多。

"请您派车子送我回家!"医生气喘吁吁地喊道。

阿包金使劲摇一下铃。然而没有人应声跑来,他就又摇铃,生气地把铃丢在地板上。铃带着闷闷的响声落在地毯上,发出一声凄凉的哀叫,仿佛临死的呻吟。有个听差来了。

"你们都躲到哪儿去了,见你们的鬼?!"主人捏紧拳头,痛骂他,"刚才你在什么地方?去,叫他们给这位先生把四轮马车准备好,再吩咐他们把轿式马车套好马,我要用!等一等!"他看到听差回转身要走,又嚷道,"明天这所房子里不准留下一个奸细！你们统统给我滚出去！我要另外雇人！你们这些坏蛋！"

等候马车的那段时间,阿包金和医生一句话也没说。在阿包金身上,又恢复了原先那种饱足的神情和细腻的优雅。他在客厅里走来走去,优雅地摇着头,显然在盘算什么事。他的怒火还没有平息,不过他极力装得没注意他的仇敌。……医生呢,站在那儿,一只手扶着桌子边沿,瞧着阿包金,眼睛里带着深刻的、有点讥诮的、难看的轻蔑神情,像这样的神情是只有处在悲伤和困厄中的人看见面前立着饱足和优雅的人的时候才会有的。

过了一会儿,医生坐上四轮马车上路了,然而他的眼睛里仍旧现出轻蔑的神情。天色黑暗,比一个钟头以前黑多了。红色的月牙已经移到高冈后面,原先守护月牙的碎云如今像一块块黑斑似的躺在星星旁边。一辆挂着红灯的轿式马车沿着大路隆隆响地驶来,然后赶到医生马车的前头去了。这是阿包金坐上马车去诉说他的不平,去做糊涂事了。……

一路上,医生没想他的妻子,也没想他的安德烈,却在想阿包金和在他刚离开的那所房子里生活的人。他的思想不公平,残忍得不近人情。他暗自痛骂阿包金,痛骂他的妻子,痛骂巴普钦斯基,痛骂一切生活在半明半暗的粉红色亮光里而且发散着香水气味的人。一路上他痛恨他们,蔑视他们,弄得他的心都痛了。在他的心里,关于这些人就此形成了一种固定的看法。

光阴会消逝,基利洛夫的悲伤也会消散,可是这种不公平的、跟人类的心灵不相称的看法却不会消失,而要保留在医生的心里,一直到他去世的那天。

胜利者的胜利

退休的十四等文官的故事

谢肉节①星期五那天,大家都动身到阿历克塞·伊凡内奇·柯祖林家里去吃油饼。您不认得柯祖林,对您来说,也许他无声无臭,不算什么,然而对我们这班没有飞黄腾达的人来说,他可就算得伟大、万能、绝顶聪明了。凡是身为他的所谓"垫脚石"的人,都动身到他家里去。我也跟着我爸爸一起去了。

---

① 基督教节日,大斋前的一个星期。

先生,油饼好极了,简直没法给您形容,个个都松软酥脆,红彤彤的。鬼才知道是怎么回事:你刚拿起这么一个油饼,在滚烫的牛油里蘸一蘸,吃下去,紧跟着另一个油饼就自个儿钻进你嘴里去了。至于酸奶酪啦,鲜鱼子啦,鲑鱼啦,碎干酪啦,那算是细节、点缀、陪衬。葡萄酒和白酒多得像是汪洋大海。大家吃完油饼以后,就喝鲟鱼汤,喝完汤又吃浇汁鹌鹑。大家吃得酒足饭饱,害得我爸爸悄悄解开肚子上的裤扣,可是又怕人发现这样放肆,就用餐巾把它盖上了。阿历克塞·伊凡内奇是我们的上司,什么事情都可以干,因而有权把他坎肩和衬衫的纽扣都解开。饭后,大家没有离座,多承我们的上司恩准,纷纷点起雪茄烟,闲谈起来。我们洗耳恭听,他老人家阿历克塞·伊凡内奇侃侃而谈。话题大半带有幽默性质,合乎谢肉节的气氛。……上司不住地讲,分明想卖弄俏皮。我不知道他讲了可笑的事没有,我只记得我爸爸老是戳我的腰,说:

"你笑啊!"

我就张大嘴,笑起来。有一回我甚至笑得尖叫起来,这就惹得大家注意我了。

"行,行!"爸爸小声说,"有你的!他在瞧你,也笑了。……这才好。真的,说不定他会给你个助理文书的位置呢!"

"嗯,是啊!"我们的上司柯祖林顺便说道,气喘吁吁,呼哧呼哧地吐气,"现在我们有油饼吃,有最新鲜的鱼子品尝,又有皮肤白净的老婆相亲相爱。而且我那些女儿也出落得一个个美人儿似的,慢说是你们这班小人物,就是公爵和伯爵见了也会看得出神,赞叹不止。还有住宅呢?嘻嘻嘻。……你们瞧瞧我这个住处!你们只要没有活到大限临头,就不要抱怨,不要发牢骚!样样事都会发生,人事是千变万化的。……比方说,你现在无声无臭,什么也算不上,如同一粒沙子……一粒小葡萄干。可是,谁知道呢?说不定,时机一到……你就交上好运了!什么事都会发生的!"

阿历克塞·伊凡内奇停一会儿,摇摇头,接着说:

"可是先前,先前是什么样子啊！啊？我的上帝！我都不相信我的记性了。脚上没有皮靴,下身是一条破裤子,老是提心吊胆,战战兢兢。……往往工作两个星期才挣一个卢布。而且这个卢布,人家也不是好好拿给你,不是的！人家把它揉成一团,往你脸上一摔：给你！人人都能欺压你,糟蹋你,劈头盖脸地打你。……人人都能弄得你难堪。……有一回我拿着呈文往里走,一看,门口坐着一条恶狗。我就向那条恶狗走过去,要握握它的爪子,握握它的爪子。我说：对不起,让我走过去。早晨好！那条恶狗却向我汪汪地叫。……看门人用胳膊肘戳我一下！我对他说：'我没带零钱,伊凡·波达培奇！……对不起！'不过呢,给我受气最多,骂得我最厉害的,还是这条熏鲑鱼,这条……鳄鱼！喏,就是这个小人物,就是库里岑！"

阿历克塞·伊凡内奇指着坐在我爸爸旁边的一个矮小伛偻的小老头。小老头眨巴着疲乏的小眼睛,带着嫌恶的神情吸雪茄烟。他平素从不吸烟,然而如果上司请他吸雪茄烟,他却认为不便回绝。他看见向他指着的手指头,就心慌意乱,在椅子上不住扭动。

"多承这个小人物的情,我吃了不少苦!"柯祖林继续说,"要知道我头一次给人家做部下,就是在他手下。人家把我这个温顺、寒酸、渺小的人领到他跟前,把我安置在他后面的桌子那儿办公。他就开始折磨我。……不管他说什么话,都像一把尖刀。不管他怎样看你一眼,都像一颗子弹射进你的胸膛。现在他看上去像是小虫子,一副可怜相,可是从前是什么样子啊!是涅普顿①!暴风骤雨!他把我折磨得好久!我又为他抄写,又给他跑腿买包子,又修笔尖,又陪着他的老岳母到剧院里去看戏。我处处讨他的欢心。我学会了闻鼻烟!嗯,是啊。……都是为了他。……我心想:不行,我得经常随身带着鼻烟盒,以防他要用。库里岑,你记得吗?我母亲现在已经去世了,那时候,有

---

① 罗马神话中的海神,能呼风唤雨,引起地震。

一次老太太到他那儿去,求他准她儿子,也就是我,两天假,好让我到我舅母家去分遗产。他呢,狠狠地数落她,瞪大眼珠,哇哇地喊:'你那儿子是懒汉,你那儿子是寄生虫。你干吗瞪着眼睛瞧我,蠢婆娘!……'他说,'我要把他送到法院去!'老太太走回家里,就躺倒,吓出了病,差点没死掉。……"

阿历克塞·伊凡内奇拿出手绢擦眼睛,一口气喝下一大杯葡萄酒。

"他打算叫我娶他的女儿,可是当时我……幸好害热病,在医院里躺了半年。从前就是这个样子!从前人们就是这样生活啊!可是现在呢?嘿!现在我……我站在他上头了。……该他陪着我的岳母去看戏,该他给我鼻烟吸,喏,该他来吸雪茄烟了。嘻嘻嘻。……我给他的生活里撒了点胡椒……胡椒!库里岑!!"

"您有什么吩咐?"库里岑站起来,挺直身子,问道。

"你演一下悲剧!"

"是!"

库里岑挺直身子,皱起眉头,举起胳膊,做出一脸的怪相,用沙哑的、破锣样的声调唱道:

"你死吧,变心的女人!我要杀了你!"

我们捧腹大笑。

"库里岑!你把这块面包撒上胡椒,吃下去!"

已经吃饱的库里岑拿起一大块黑麦面包,撒上胡椒,在大家的哄笑声中嚼着。

"人事是千变万化的,"柯祖林接着说,"你坐下,库里岑!等我们离开饭桌站起来,你再唱点别的。……那时候是你站在上头,现在却是我了。……是啊。……我的老太太就那样死了。……是啊。……"

柯祖林站起来,身子摇晃一下。……

"可是我一声也没响,因为我渺小,我寒酸。……那些磨人精。……野蛮人。……可是现在,我出头了。……嘻嘻嘻。……喂,你来表演一下!你!我说的是你,没留唇髭的!"

柯祖林伸出手指头往我爸爸这边一指。

"你绕着桌子跑,学公鸡叫!"

我爸爸微笑一下,愉快地涨红脸,踩着碎步绕着桌子跑起来。我跟在他后面跑。

"喔喔喔!"我们两个人叫着,跑得更快了。

我一边跑一边想:

"我会做上助理文书的!"

复活节之夜

我站在戈尔特瓦河的岸上,等渡船从对岸划过来。平时,戈尔特瓦河是一条中等的小河,静悄悄的,沉思默想,在茂密的芦苇丛外温柔地闪光,可是现在,我面前却展开一个大湖。浩浩荡荡的春潮漫上两岸,泛滥到两边岸上很远的地方,淹没了菜园、草场和沼泽,因此在汹涌的水面上,不时可以见到杨树和灌木丛孤零零地耸立着,在晦暗的天色中看上去像是峻峭的绝壁。

我觉得天气很好。天色黑下来了,可是我仍然能够看见树木、河水、人。……整个天空布满星斗,星光照亮了这个世界。我想不起以前什么时候见到过这么多的星。繁星密得简直连一根手指也插不进去。那些星星有的像鹅蛋那么大,有的却又小得好比大麻籽。……它们大大小小,一个也不剩,统统到天空中来参加节日的盛典,洗得干干净净,焕然一新,喜笑颜开,一个个都在柔和地闪光。天空倒映在水里,星星就沉浸在黑暗的深水当中,随着轻微的涟漪一齐颤抖。空气暖和而宁静。……远处,对面岸上,在伸手不见五指的一片漆黑中,有几团鲜红的火光东一处西一处地发亮。……

离我两步远有个农民的乌黑身影,头戴一顶大帽子,手里拄着一根节节疤疤的粗手杖。

"嘿,渡船这么久还没来!"我说。

"它该来了!"黑身影回答我说。

"你也在等渡船吗?"

"不,我随便在这儿站一会儿……"农民打着呵欠说,"我等着看节日的焰火。我倒想过河去,可是,说实话,我缺那五个戈比的渡船钱。"

"我给你五个戈比好了。"

"不,多谢多谢。……你还不如用那五个戈比替我买一支蜡烛插在那边修道院里的好。……这样有意思些,我呢,就在这儿站一会儿好了。这可奇怪,渡船还没有来!好像沉进水里去了!"

农民走到水边,伸手拿起一根缆绳,喊道:

"叶罗尼木!叶罗尼木!"

仿佛回答他的叫声似的,对岸传来一口大钟的拖着长音的叮当声。钟声浑厚,低沉,好像有人拨了一下低音提琴的最粗的琴弦一样,听上去倒像是黑暗本身发出了沙哑的呼声。顿时,炮声响起来。炮声在黑暗中不住滚动,滚到我背后远远一个什么地方,停住了。农民脱掉帽子,在胸前画十字。

"基督复活了!"他说。

第一下钟声的音浪还没来得及停息,就又响起第二声,这以后立刻来了第三声,黑暗的夜色充满了那种连绵不断而且颤抖不已的叮当声。那些红色的火光旁边又出现新的火光,然后它们一齐移动,不安地闪烁着。

"叶罗尼木!"一个低沉而拖着长音的喊叫声响起来。

"这是对岸的人在叫,"农民说,"可见渡船也不在那边。我们的叶罗尼木睡着了。"

火光和柔和的钟声都在召唤人们到那边去。……我已经开始失去耐性,激动起来,不过后来我凝神望着黑暗的远方,终于看见一个什么东西的轮廓,活像个绞架。那就是我盼望已久的渡船。它移动得那么缓慢,要不是它的轮廓越来越清楚,人就可能以为它停在原地没动,或者正往对岸驶去。

"快点!叶罗尼木!"我身旁的农民叫道,"有位老爷等船呐!"

渡船爬到岸边来,摇晃一下,吱嘎一声停住了。渡船上站着个高身量的男人,手里拉着缆绳。他身穿修士的法衣,头戴一顶圆锥形帽子。

"为什么耽搁这样久?"我跳上渡船,问道。

"请您看在基督面上,原谅我,"叶罗尼木轻声回答说,"另外没有人了?"

"没有人了。……"

叶罗尼木伸出两只手抓住缆绳,把身体弯成问号的样子,喉咙里发出用力的声音。渡船就吱嘎一响,摇晃一下。头戴高帽子的农民身影开始从我面前慢慢地往后退去,可见渡船已经离岸了。不久叶罗尼木挺直身子,只用一只手干活。我们没说话,抬眼向渡船游过去的对岸眺望。农民盼望的"焰火"已经在那边开始了。水边有些装满树脂的桶子点燃了,好比巨大的篝火。火光映在水里,像初升的月亮那么红,形成一条条又长又宽的带子,迎着我们爬过来。燃烧的桶子照亮它们自己冒出来的浓烟和在火光附近走动着的人们的长影子。然而往远处看,火光后面,在传来柔和的钟声那边,仍然黑乎乎的,没有一点亮光。突然,一支火箭劈开黑暗,盘旋着直上天空,像是一条金黄色丝带。它在空中划了一道弧线,仿佛碰到天空而撞得粉碎似的,只听咔嚓一响,散开来,撒下万点金星。河岸上响起一片呼喊声,类似遥远的欢呼。

"多么美啊!"我说。

"真是美得没法说!"叶罗尼木叹道,"这么好的夜晚,先生!换了在别的时候,谁也不会注意这种火箭,可是今天大家见到任何无谓的东西都感到高兴。您从哪儿来?"

我说了我是从哪儿来的。

"是啊,先生。……今天是个喜气洋洋的日子……"叶罗尼木用低微而又带着叹息的男高音继续说,像是个刚刚痊愈的病人,"天上也好,地上也好,地下也好,都欢欢喜喜。一切生物都在庆祝节日。可是请您说一说,好先生,为什么人就连在兴高采烈的时候也忘不了他们的悲伤?"

我觉得这句出人意外的问话是要引我参加一场

"喋喋不休的"拯救灵魂的谈话,大凡闲散无聊的修士都是深切喜爱那种谈话的。可是我没有心思长谈,所以仅仅问了一句:

"那么,神甫,您有什么悲伤吗?"

"我的悲伤照例跟大家一样,好先生。不过今天修道院里出了一件特别使人悲伤的事:做弥撒的时候,临到读经,修士助祭尼古拉死了。……"

"有什么法子呢,这是上帝的旨意!"我模仿修士的口吻说,"大家都要死的。依我看,您还是应当高兴。……据说,凡是在复活节前夕或者当天死掉的人,一定能升天堂。"

"这是实在的。"

我们沉默了。戴着高帽的农民身影同河岸的轮廓合为一体。盛着树脂的桶子越烧越旺。

"不论经书也罢,一般的道理也罢,都清楚地指出悲伤是无益的,"叶罗尼木打破沉默说,"可是为什么我的内心悲悲戚戚,不愿意听从理智的支配呢?为什么我恨不得痛哭一场呢?"

叶罗尼木耸动肩膀,转过身来对着我,很快地说:

"如果我或者别人死了,那也许不会引起注意,可是要知道,死了的是尼古拉啊!不是别人,是尼古拉啊!真叫人难以相信,他已经不在人世了!眼前我在渡船上站着,老是觉得他马上就要在岸上提高喉咙喊叫似的。他怕我在渡船上感到害怕,总是走到岸边来,叫唤我。为此,他晚上常常特意从床上起来。善良的灵魂!上帝啊,他多么善良仁慈!有些做母亲的待自己的孩子都及不上这个尼古拉待我这么好呢!拯救他的灵魂吧,主啊!"

叶罗尼木拉住缆绳,可是立刻又转过身来对我说话。

"再说,先生,他的头脑多么聪明啊!"他用唱歌般的声调说,"他的谈吐多么好听,悦耳!简直就像过一会儿做晨祷的时候大家唱的一样:'啊,亲切的声音!啊,你那极其悦耳的声音!'他除了具备人类的其他种种品质以外,还有不同寻常的才能!"

"什么样的才能呢?"我问。

修士仔细地打量我,仿佛相信可以把他的秘密告诉我似的,高兴地笑起来了。

"他有写赞美歌的才能……"他说,"先生,那纯粹是奇迹哩!要是我告诉您,您就会大吃一惊!我们的修士大司祭神甫是从莫斯科来的,副主持神甫是在喀山学院毕业的,我们这儿还有些头脑聪明的修士司祭和长老,可是,说来奇怪,能写赞美歌的却一个也没有。尼古拉呢,是个普通的修士,是个修士助祭,没有进过什么学校,就连外貌也毫不起眼,可是他偏能写!奇迹!的确是奇迹啊!"

叶罗尼木把两只手一拍,完全忘了拉缆绳,继续入迷地说:

"副主持神甫写一篇布道词都觉得困难。有一回他写我们修道院的院史,把我们这些修士折腾得厉害,前后进过十次城。可是尼古拉却能写赞美歌!赞美歌啊！这可比不得写布道词或者院史！"

"莫非赞美歌很难写吗？"我问。

"难得很……"叶罗尼木摇着头说，"写这种东西，要是上帝没有赐给才能，光凭头脑聪明和心灵圣洁是无能为力的。有些一窍不通的修士说什么写这种东西只要了解你所写的圣徒的身世，再参照一下别的赞美歌的格式就成了。可是，先生，这话不对。当然，写赞美歌的人得了解圣徒的身世，对它非常熟悉，连最小的细节都不能漏掉。嗯，别的赞美歌也得参照，例如应该怎样开头，从哪儿写起，该写些什么。给您举个例子吧，第一节短歌总是一开头就写'上帝的选民'或者'选民'。……头一行老是得从天使写起。在赞美最亲爱的耶稣的歌里，要是您有兴趣听的话，是这样开头的：'天使的创造者和万能的主啊'，赞美最神圣的圣母的歌里则是：'从天上派到下界的庇护天使啊'，在赞美奇迹创造者尼古拉的歌里却是：'貌似天使实则是人啊'，等等。到处都要从天使写起。当然，不参照别的赞美歌不行,不过要知道,主要的却不在于身世,也不在于符合别的赞美诗的格式,而在于美妙和委婉。处处都要写得合乎分寸,简练,细致。每一行都要柔和,亲切,温存,没有一个字粗野,生硬,或者不妥帖。应当写得让祈祷的人们心里欢畅,不住落泪,浮想联翩,浑身战栗。他为圣母所写的赞美歌里就有这样的句子:'你快活吧,人类的思想难于攀登你的崇高!你快活吧,连天使的眼睛也无法看透你的深奥!'在这首赞美歌里,另外还有一个地方写道:'你快活吧,结满光明之果的大树,信徒们靠着你的果实延续生命!你快活吧,张开仁慈的华盖的大树,多少人受到你的庇荫!'"

叶罗尼木仿佛为一件什么事害怕或者害臊似的,用手掌蒙住脸,摇摇头。

"'结满光明之果的大树……张开仁慈的华盖的大树……'"他喃喃地说,"居然找到了这样的辞藻!这样的本领是主赐给他的!为了简练,他一个字里装进很多的字和很多的思想,而且写得多么流畅,细致!他在赞美最亲爱的耶稣的歌里说:'向人间万物输送光明的火炬啊……'输送光明!这样的辞藻不论在谈话里还是书本里都没有,他却偏偏想出来了,从他脑子里找出来了!除了明白晓畅和善于辞令之外,先生,还要给每一行歌词加上种种装饰,要有花,有闪电,有风,有太阳,有人间万物。每句赞叹的话都要写得自然,听着悦耳。他在赞美奇迹创造者尼古拉的歌里写道:'你快活吧,长在天堂里的百合花!'他不是简单地写'天堂里的百合花',而是'长在天堂里的百合花'!这样就比较自然,比较悦耳了。尼古拉就是这么写的!真就是这么写的!我都没法跟您表达他的那种写法!"

"是的,既是这样,他死了也真是可惜,"我说,"不过,神甫,您划船吧,要不然我们就会去迟了。……"

叶罗尼木醒悟过来,往缆绳那边跑去。这时候,岸上的钟一齐响起来。大概,举着十字架的游行行列已经走到修道院附近,因为盛着树脂的桶子后面,那一大片黑乎乎的空场上,如今已经点缀着不住移动的火把了。

"尼古拉把他的赞美歌印成书了吗?"我问叶罗尼木。

"怎么会印成书呢?"他说,叹一口气,"再者,真要是印出来,那倒奇怪了。印它有什么用?我们修道院里没有人对这种东西发生兴趣。大家都不喜欢它。他们知道尼古拉在写东西,可是谁也不放在心上。如今,先生,没人尊重新作品了!"

"大家对他有成见吗?"

"正是这样。如果尼古拉是长老,修士们也许会发生兴趣,可是要知道,他连四十岁都不到。有些人讪笑他,甚至认为他写东西是罪过哩。"

"那么他写东西图的是什么呢?"

"不图什么,多半是给自己找点安慰。在所有的修士当中,只有我一个人读他的赞美歌。我常悄悄到他屋里去,免得让外人瞧见。他看到我有兴趣,也很高兴。他拥抱我,摩挲我的头,用亲热的字眼称呼我,就跟对小孩子似的。他关上修道室的门,叫我跟他并排坐下,我们就津津有味地读起来。……"

叶罗尼木放下缆绳,往我这边走来。

"我们两个人就跟好朋友一样,"他小声说,用亮晶晶的眼睛瞧着我,"他走到哪儿,我也走到哪儿。我不在,他就惦记我。他喜爱我胜过喜爱一切人,这都是因为我读了他的赞美歌常常落泪。我回想起来,心里就感动!现在我简直跟孤儿或者寡妇差不多了。您知道,我们修道院里的人都很好,善良,虔诚,可是……没有一个人温柔体贴,他们就跟粗人一样。他们讲话嗓门很响,走起路来脚步声也响,他们总是吵吵嚷嚷,用力嗽喉咙,然而尼古拉讲起话来却斯文,亲切,要是发现有人在睡觉或者祷告,他就跟苍蝇或者蚊子那样绕过去。他的脸容总是温柔而慈祥。……"

叶罗尼木深深地叹口气,拉住缆绳。我们已经要拢岸了。我们渐渐从黑暗的夜色和寂静的河水当中照直向一个魔境般的王国游去,那儿充满呛人的黑烟、噼啪响的亮光和嘈杂的人声。现在已经可以看清楚,人们正在那些盛着树脂的桶子旁边走动。闪烁的火光给他们的红脸和全身添上一种古怪的、几乎离奇的神情。在那些人头和人脸中间,偶尔闪过马的脸,一动也不动,像是用红铜铸成的。

"他们马上就要唱复活节的赞美歌了……"叶罗尼木说,"可是尼古拉不在,没有人来领会它了。……对他来说,再也没有比这首赞美歌更可爱的作品了。他总是把每个字都推敲一下!过一会儿您就要到那边去,先生,那么您就仔细听一下他们唱些什么:您会听得透不出气来!"

"难道您不到教堂去?"

"我不能去,先生。……我得渡来往的客人。……"

"难道没有人来接您的班?"

"我不知道。……本来八点多钟就应该有人来接我的班,可是您瞧,至今没有人来!……说老实话,我倒很想到教堂去。……"

"您是修士吧?"

"是的,先生。……那就是说,我是见习修士。……"

渡船撞到岸上,停住了。我拿给叶罗尼木五戈比的渡船费,跳上了岸。立刻就有一辆大车,载着一个男孩和一个睡熟的农妇,吱吱嘎嘎响着,登上渡船。叶罗尼木被火光微微涂上一层红色,他把身子伏在缆绳上,弯下腰,把渡船划回去。……

我在泥地里走了几步,随后就走上一条柔软的、新踩出来的小路。这条小路通到修道院那乌黑而又像是洞穴的大门口,一路上烟雾腾腾,可以看到杂乱的人群、从车上卸下来的马匹、农民的大车、讲究的马车。那儿发出车辆的吱嘎声、马的喷鼻声、人的欢笑声。在那些人和马的身上,闪着紫红的火光和浓烟的摇曳的阴影。……简直乱得不得了!可是在这样拥挤的地方,居然有人找出空地安上一门小炮,而且有人在卖蜜糖饼干哩!

修道院的围墙里边,也同样熙熙攘攘,不过那些人比较庄重些,也比较守秩序些。这儿弥漫着杜松和安息香的气味。人们说话声音很响,可是欢笑声和喷鼻声却听不见了。有许多人拥挤在墓碑和十字架附近,带着复活节用的圆柱形面包,或者提着包袱。看来,他们有许多人是特地从远方来为他们的复活节面包行祝圣礼的,这时候他们都疲乏了。年轻的见习修士们顺着从大门口一直铺到教堂门口,像是一条宽带子的铁板上跑来跑去,皮靴踩出一片匆忙而清脆的脚步声。钟楼上也在忙碌,有人大呼小叫。

"多么不安宁的夜晚!"我想,"多么好啊!"

人不由得想在整个自然界,从黑暗的夜色起到铁板、坟上的十字架、底下有许多人走来走去的树木止,都能看见这种动荡不宁和彻夜不寐的景象。然而任什么地方的激动和不安都不及教堂里表现得那么强烈。

教堂门口，拥进去的人潮和挤出来的人潮正进行一场无休无止的斗争。有些人挤进去了，有些人挤出来，不久却又走回去，为的是多站一会儿，然后再走开。人们从这个地方跑到那个地方，到处走动，好像在找什么东西。浪潮般的人群涌进教堂，在整个教堂里跑来跑去，甚至惊动了前边站着的几排神态庄严、身子笨重的人。讲到聚精会神的祈祷，那是根本办不到的。而且这儿根本就没有人祈祷，所有的只是一种连绵不断而又天真无邪的欢乐，它正寻找机会，竭力要表现出来，化为某种行动，哪怕变成横冲直撞、推推搡搡也好。

就连举行复活节祈祷仪式的时候，这种不同寻常的活跃也仍然一目了然。那些圣障中门都敞开着。空中，枝形大烛架四周，神香的浓重烟雾飘浮不定。无论往哪边看，到处都是烛火、亮光、烛芯的爆裂。……诵读经文已经完全办不到，只有匆忙欢畅的歌声一刻不停地唱到仪式结束。每唱完一首赞美歌，教士们就去更换法衣，然后走出来，摇着手提香炉，这样的事几乎每隔十分钟就要重复一次。

我还没来得及占好地方,前边人群的浪潮就往后退,把我推到后面去。一个高大壮实的助祭拿着一支细长的红蜡烛,从我面前走过去。紧跟着,一个白发苍苍的修士大司祭,头上戴着金黄色法冠,摇着手提香炉,匆匆走过去。等到他们走远,不见踪影了,人群就又把我挤回原来的地点。可是还没过十分钟,新的浪潮就又涌过来,助祭又出现了。这一回跟在他身后的是副主持神甫,也就是叶罗尼木所说的那个编写修道院历史的人。

我夹在人群当中,感染到那种普遍的欢欣激动的情绪,可是一想到叶罗尼木,就难过得受不了。为什么没有人去跟他换班呢?为什么不派一个感情不这么丰富、对事物不这么敏感的人到渡船上去呢?

"锡安①啊,你抬起你的眼睛,往四周看一下

---

① 耶路撒冷附近的山名,在此指基督。

吧……"唱诗班唱道,"因为你的儿女从西方和北方,从海洋,从东方,来到你身旁,朝拜你明亮的神光。……"

我打量一下大家的脸。所有的脸都现出活泼的高兴神情,然而没有一个人细听那首歌,谁也没有认真揣摩歌里的词句,"听得透不出气来"的人一个也没有。为什么没有人去替换叶罗尼木呢?我想象得出,如果这个叶罗尼木来到此地,他就会在墙边一个地方温顺地站着,躬起身子,如饥如渴地体会这首圣歌的美妙歌词。现在站在我身旁的人充耳不闻的东西,他却会凭敏感的灵魂一股脑儿吞进去,陶醉得神魂飘荡,透不出气来,整个教堂里再也不会有一个人比他更幸福。可是现在呢,他却在那乌黑的河面上游过来游过去,怀念他去世的弟兄和朋友。

浪潮般的人群从后面涌过来。一个体态丰满、赔着笑脸的修士侧着身子从我身边擦过去,手里拨弄着念珠,不住回头看,给一个头戴女帽、身穿天鹅绒大衣的太太开路。太太身后急匆匆地跟着一个修道院的仆役,手里端着一把椅子,把它从我们头顶上举过去。

我从教堂里走出来。我想看一看去世的尼古拉,那个默默无闻的赞美歌作者。我在围墙附近走动,那儿沿墙有一长排修士的修道室。我在好几个窗口往里张望,却什么也没看见,就退回来。现在我并不因为没有见到尼古拉而惋惜。上帝才知道,要是我见到了他,也许我倒会丧失我的想象力现在为我描绘的那个形象了。这个可爱而又富于诗情的人常常深夜出外呼唤叶罗尼木,用花卉、星斗、阳光点缀他的赞美歌,不为人所理解,孤孤单单,为此我把他想象成一个腼腆而苍白的人,五官清秀,神情温和、忧郁。他眼睛里除了露出智慧以外,必定还闪着爱抚的光芒,以及一种难以抑制的和稚气的痴迷,这是叶罗尼木为我朗诵赞美歌诗句的时候我从他声调里听出来的。

等到我们做完弥撒,从教堂里走出来,黑夜已经过去。清晨开始了。繁星熄灭,天空现出一片蓝灰色,阴沉沉的。那些铁板、墓碑、树上的幼芽,都蒙着一层露水。空气里有一股特别新鲜的气息。围墙外面已经没有夜里我见过的那种活泼气氛了。马和人都显得疲乏,带着睡意,几乎不大走动。那些树脂桶只剩下一堆堆黑色的灰烬。人疲乏想睡,总是觉得自然界也在经历同样的情形。我觉得树木和嫩草也在睡觉。仿佛连钟声也不及夜间那么嘹亮欢畅。动荡不安已经结束,原先的兴奋如今只剩下愉快的倦怠以及一心想睡觉和取暖的渴望了。

现在我能够看清那条河和它的两岸。河面上的薄雾东一团西一团,不住地飘动。河水冒出凉气和寒意。我跳上渡船,船上已经放着一辆不知什么人的马车,站着二十来个男人和女人。缆绳潮湿了,而且依我看来也带着睡意,它向远处伸展过去,越过宽阔的河面,有些地方消失在白茫茫的薄雾里。

"基督复活了!另外没有人了吧?"一个轻柔的声音问。

仇　敌　集

我听出那是叶罗尼木的声音。现在再也没有黑暗的夜色妨碍我看清那个修士了。他是个高身量和窄肩膀的人,年纪三十五岁上下,脸庞大而且圆,眼睛半睁半闭,懒洋洋地瞧着一切,胡子是楔形的,没有理顺。他的模样异常忧郁而疲乏。

"还没有人来替换您吗?"我诧异地问。

"替换我?"他转过身来对着我,反问道,他那受冻的脸上沾着露水,现出笑容,"现在不会有人来接班,要等到天色大亮。现在大家就要到修士大司祭那儿去开斋了,先生。"

他身旁站着一个身材矮小的农民,头戴状似卖蜂蜜用的木罐的红褐色皮帽,他和那个农民一起伏在缆绳上,喉咙里一齐发出用力的声音,渡船就离开河岸了。

我们的船游出去,一路上惊扰着懒散地升上去的迷雾。大家沉默不语。叶罗尼木心不在焉地用一只手干活。他用温和而失神的眼睛久久地打量我们,然后把目光停在一个年轻的商人妻子的脸上,那张脸红润,长着两道黑眉毛。她跟我并排站在渡船上,由于晨雾包围着她而沉默地缩起身子。一路上他的眼睛始终没离开过她的脸。

这种长久注视的目光里很少男性的成分。我觉得叶罗尼木好像是在女人的脸上寻找他已故的朋友那副清秀温柔的相貌。

在 家 里

"格利果烈夫家派人来,说是要取一本什么书,可是我对他说您不在家。邮差送来报纸和两封信。顺便说一句,叶甫根尼·彼得罗维奇,我想请您注意一下谢辽查。今天和前天我发现他吸烟来着。我开口劝他,他照例把手指头塞住耳朵眼,大声唱歌,盖过我的声音。"

叶甫根尼·彼得罗维奇·贝科甫斯基,地方法院的检察官,刚开完庭回来,正在自己的书房里脱手套,瞧着向他报告的家庭女教师,笑起来。

"谢辽查吸烟……"他说着,耸耸肩膀,"我想得出这个小胖子叼着纸烟的那副样子!不过他几岁了?……"

"七岁。您好像觉得这不要紧,可是在他这年纪,吸烟是一种有害的坏习惯,坏习惯是应当从一开头起就根除的。"

"这完全正确。那么他是在哪儿拿到烟的?"

"在您桌子的抽屉里。"

"是吗?既是这样,请您打发他来见我。"

女家庭教师走后,贝科甫斯基在书桌前面一把圈椅上坐下,闭上眼睛,开始思索。不知什么缘故,在他的幻想中,他的谢辽查吸一根一俄尺长的大纸烟,喷云吐雾,这张漫画使得他不住微笑。同时,家庭女教师严肃而忧虑的面容在他心里勾起他对那个早已过去而且大半已经淡忘的时代的回忆。在那个时代,儿童在学校和儿童室里吸烟总会惹得教师和父母生出一种古怪的、不大能理解的恐怖心情。那真称得上是恐怖。他们死命打孩子,把他们从学校里开除出去,他们的生活就此毁了,其实那些教师和父亲没有一个人知道吸烟的害处和罪恶究竟是什么。就连很聪明的人也会毫不踌躇地跟他们所不了解的恶习作斗争。叶甫根尼·彼得罗维奇想起他的中学校长,那是个很有学识而且心地厚道的老人,他碰见一个学生吸烟,竟吓得面无人色,立刻召开教师紧急会议,议决把罪人开除出校。大概社会生活的规律就是这样:所谓恶事越是不为人所理解,就越是受到猛烈和粗暴的打击。

检察官想起两三个被开除的学生以及他们后来的生活,他不能不认为惩罚的坏处常常比罪行本身带来的坏处大得多。有生命的有机体具有一种本领,善于对任何环境气氛都很快地适应,习惯,泰然处之,要不然人就一定会随时感到他的合理的活动往往具有多么不合理的内容,觉得就连在教育、法律、文学之类责任重大和后果可怕的活动中也难得有什么可以理解的真理和信心了。……

这一类只有在疲乏而休息着的头脑里才会产生的轻松而飘忽的思想,开始在叶甫根尼·彼得罗维奇的脑子里漫游。谁也不知道它们是打哪儿来的,也不知是什么缘故来的,它们在头脑里停留不久,似乎只在浮面上掠过,并没有钻到深处去。凡是必须一连许多钟头,以至许多天,顺着一条思路刻板地思索的人,都会觉得这种私下里自由自在的遐想是一种享受,一种愉快的安慰。

那是傍晚八点多钟。上头,天花板上边,二楼上,有人从这个墙角走到那个墙角,再高点,三楼上,有四只手在练钢琴。凭烦躁的脚步声来判断,那个人在想什么苦恼的心事,或者在牙痛。单调的练琴声给傍晚的寂静添上一点睡意,使人生出懒洋洋的幻想。在相隔两个房间的儿童室里,家庭女教师和谢辽查正在谈话。

"爸爸来了!"男孩唱起来,"爸爸来了!爸!爸!爸!"

仇　敌　集

"爸爸叫您去,快走!"①女家庭教师喊道,像一只受惊的鸟那样尖叫,"我对您说话哪!"

"不过我该跟他说些什么呢?"叶甫根尼·彼得罗维奇暗想。

可是他还没来得及想出什么话来,他儿子谢辽查,一个七岁的男孩,就已经走进书房来了。像这样的孩子是只有凭服装才看得出性别的:他弱不禁风,脸色苍白,身子单薄。……他浑身娇气,好比温室里的花草。他的动作、鬈发、眼神、丝绒短上衣,处处都显得异常娇嫩、柔和。

"你好,爸爸!"他柔声说着,爬上爸爸的膝头,在他脖子上很快地吻一下,"是你叫我吗?"

"对不起,对不起,谢尔盖②·叶甫根内奇。"检察官回答说,把他从膝头上抱下来,"在接吻以前我们先得谈一谈,认真地谈一谈。……我生你的气,再也不喜

---

① 原文为法语。
② 上文谢辽查是谢尔盖的爱称。

欢你了。你得明白,孩子,我不喜欢你,你不是我的儿子。……对了。"

谢辽查定睛瞧着他的父亲,然后把眼光移到书桌上,耸了耸肩膀。

"我做错了什么事呢?"他纳闷地问道,眨着眼睛,"今天我一次也没有到你的书房里来过,什么东西也没有碰过呀。"

"刚才娜达里雅·谢敏诺芙娜对我说你吸烟来着。……是真的吗?你吸过烟吗?"

"对,我吸过一次。……是真的!……"

"你看,你还说谎。"检察官说,皱起眉头,借此遮盖他的微笑,"娜达里雅·谢敏诺芙娜看见你吸过两次烟。可见你有三件坏事让人抓住了:吸烟,在书桌抽屉里拿别人的烟,说谎。三个错处!"

"啊,对了!"谢辽查说,想起来了,他的眼睛含着笑意,"这话不错,这话不错!我是吸过两次烟,今天一次,以前一次。"

"你瞧,可见不是一次,而是两次。……我对你非常非常不满意!以前你是个好孩子,可是现在学坏,变成坏孩子了。"

叶甫根尼·彼得罗维奇理一理谢辽查的领子,暗想:"我还应该跟他说什么呢?"

"是的,这不好,"他接着说,"我没料到你会做出这种事来。第一,既然不是你的烟,你就没有权利拿。每个人只有权利动用自己的财物,如果拿别人的,那……他就不是好人!"("我跟他说得不对头!"叶甫根尼·彼得罗维奇暗想。)"比方说,娜达里雅·谢敏诺芙娜有一口箱子,装着她自己的衣服。那是她的箱子,我们呢,也就是说你和我,都不可以碰它,因为那口箱子不是我们的。不是这样吗?你有些木马,有些画片。……我不是就不拿吗?也许我心里也想拿,可是……那不是我的而是你的!"

"你要拿管自拿!"谢辽查说,扬起眉毛,"你,爸爸,千万别客气,拿吧!你书桌上那只淡黄色的狗原是我的,可是你瞧,我就不在乎。……就让它摆在那儿好了!"

"你没听懂我的意思,"贝科甫斯基说,"你把那只狗送给我了,它现在就是我的,我想拿它怎么样就可以怎么样。可是要知道,我并没把烟送给你啊!那烟是我的!"("我跟他解释得不对头!"检察官暗想,"不对头!完全不对头!")"要是我想吸别人的烟,首先就得征求别人的同意。……"

贝科甫斯基模仿孩子的语言,懒洋洋地把一句句话串联起来,开始对儿子解释什么叫作财产。谢辽查瞧着他的胸口,注意地听着(他喜欢傍晚跟他父亲谈话),然后他把胳膊肘靠在书桌的边上,眯起近视的眼睛看那些纸张和墨水瓶。他的眼光在书桌上移动,最后停在一个胶水瓶上。

"爸爸,胶水是什么做的?"他忽然问道,把胶水瓶拿到眼睛跟前来。

贝科甫斯基从他手里拿过瓶子,放回原处,继续说：

"第二，你吸烟。……这很不好！虽然我吸烟，可是不能因此就说，你也可以吸烟。我吸烟，我知道做这种事不乖，我骂自己，为这件事不喜欢自己。……"（"我成了狡猾的教师！"检察官暗想。）"烟对人的身体有很大的害处，凡是吸烟的人都寿命不长，死得早。像你这样的孩子，吸烟更是特别有害。你肺弱，你还没有长结实，身体弱的人吸了烟，会得肺痨和别的病。喏，伊格纳契叔叔就是害肺痨病死的。要是他不吸烟，也许会活到今天呢。"

谢辽查沉思地瞧着那盏灯，用手指头碰一碰灯罩，叹一口气。

"伊格纳契叔叔提琴拉得可真好！"他说，"现在他的提琴在格利果烈夫家里！"

谢辽查又把胳膊肘靠在书桌的边上，沉思不语。他那白白的脸上现出一种神情，仿佛他在听什么声音，或者循着自己的思路想下去似的。他那对一眨也不眨的大眼睛露出悲哀和类似恐怖的神情。这时候他大概想到了死亡,不久以前死亡夺去了他的母亲和伊格纳契叔叔。死亡把母亲们和叔叔们带到另一个世界去,却把他们的孩子和提琴留在这个世界上了。那些死人住在天上靠近星星的一个什么地方,在那儿俯视这个世界。他们受得了这种离别吗?

"我该对他说些什么好呢?"叶甫根尼·彼得罗维奇想,"他不听我讲话。他分明认为他的过错和我的理由都不重要。该怎样叫他领悟呢?"

检察官站起来,在书房里走来走去。

"以前,在我那个时代,这些问题解决得简单极了。"他想,"凡是小孩子抽烟被抓住,总是挨一顿打了事。那些意志薄弱的和胆小的,果然戒了烟,那些比较大胆和机灵的呢,挨过打以后,就把烟藏在靴筒里,到板棚里去吸。等到他们在板棚里吸烟又给抓住,又挨一顿痛打,他们就出外到河边去吸⋯⋯如此这般直到孩子长大为止。我母亲为了要我不吸烟,就给我钱和糖。可是如今这些方法都变得没有价值,不道德了。现代的教师们,立足于理论,极力教导孩子们,要他们不是出于恐惧,出于想出风头或者贪图奖赏而保持良好的习惯,却要他们自觉地养成。"

他走来走去,暗自思忖,谢辽查却已经踩着椅子,侧身爬上桌子,动手画起来。为了不让他弄脏公文纸,碰翻墨水,书桌上特为他放着一叠裁好的四开纸和一管蓝色铅笔。

"今天厨娘切白菜,划破了手指头。"他说,动着眉毛,画一所小房子,"她哇哇地叫,把我们大家吓一跳,都跑到厨房里去了。她真笨!娜达里雅·谢敏诺芙娜叫她把手指头浸在凉水里,她呢,却放进嘴里吮个不停。……她怎么能把脏手指头放进嘴里去!爸爸,这可真不像样子!"

后来他讲起吃午饭的时候,有个背着手摇风琴的男子带着一个小姑娘走进院子来,小姑娘和着琴声唱歌和跳舞。

"他有他自己的一套想法!"检察官想,"他脑子里自有他的小世界,什么事情重要,什么事情不重要,他有他自己的看法。为了抓住他的注意力,抓住他的思想感情,光模仿他的语言是不够的,必须学会也照他的方式思索才成。要是我真的舍不得我的烟,要是我生气,哭起来,他倒会完全了解我。……母亲之所以在教育子女方面不能由外人代替,就是因为她能够跟孩子同感觉,同哭,同笑。……单靠理论和教训是无济于事的。那么我还应该跟他说些什么呢?说些什么呢?"

叶甫根尼·彼得罗维奇觉得奇怪而可笑,因为他这样一个富有经验的法学家,这半辈子一直对犯人进行种种遏制、警告、惩罚,现在却茫然失措,不知道该对这个男孩说什么好了。

"听着,你对我保证:以后再也不吸烟了。"他说。

"我—保—证!"谢辽查唱起来,使劲按那管铅笔,低下头凑着画稿,"我—保—证! 保! 证!"

"可是他知道什么叫保证吗?"贝科甫斯基问自

己,"不行,我是个糟糕的导师!如果这时候有个教师或者我们法学界的同行往我脑子里看一眼,他就会说我是个废物,也许还会认为我自作聪明,于事无补。……不过,真的,解决这些可恶的问题,在学校里和法庭上比在家里简单多了。在家里要应付的,是自己满心疼爱的人,爱却是要求很严的,这就把问题弄复杂了。如果这个男孩不是我的儿子,而是我的学生或者被告,我就不会这么胆怯,我的思想也不会乱了!……"

叶甫根尼·彼得罗维奇靠着桌子坐下,把谢辽查的一张画稿拿到自己面前。画稿上画着一所房子,房顶弯弯曲曲,烟囱里冒烟,像是一道闪电,锯齿般地从烟囱一直伸展到纸边。房子旁边站着一个兵,眼睛画成两个逗点,刺刀像是数目字4。

"人不能比房子高。"检察官说,"你看:你这个房顶跟兵的肩膀一般高了。"

谢辽查爬到他的膝盖上,扭动很久,想坐得舒服点。

"不,爸爸!"他瞧着自己的画稿说,"要是把兵画小,就看不见他的眼睛了。"

要不要跟他争论呢?检察官凭他对儿子的日常观察,相信孩子跟野蛮人一样有自己的艺术见解和要求,那是很别致的,大人往往不能理解。在大人的专心观察下,谢辽查可能显得不正常。谢辽查认为把人画得比房子高,用铅笔在表现物件以外还表现他自己的感觉,都是容许的,合理的。因此他把乐队的声音画成模模糊糊的圆形斑点,把吹口哨声画成螺旋形的线。……在他的观念里,声音跟形状和颜色紧密相连,因此他给字母涂色,每次一定把Л涂成黄色,把M涂成红色,把A涂成黑色,等等。

谢辽查丢下画稿,又扭动一阵,找出舒服的姿势,然后玩弄父亲的胡子。起初他仔细地摩挲胡子,后来把它分开,着手把它梳理成络腮胡子的样儿。

"现在你像伊凡·斯捷潘诺维奇了,"他嘟哝说,

"可是马上又会像……我们的看门人。爸爸,为什么看门人都站在门口?是不准贼进来吗?"

检察官感到他儿子的气息吹到他脸上,他儿子的头发不断拂着他的脸,他的心就感到温暖而柔和,柔和得好像不光是他的手,就连他整个的心,也贴在谢辽查的丝绒上衣上了。他凝神瞧着男孩又大又黑的眼睛,觉得他母亲、他妻子、他以前爱过的一切人,都好像从这对大眸子里瞧着他似的。

"现在看你还怎么动手打他……"他想,"怎么想得出惩罚他!不,我们哪儿配教育孩子。从前的人单纯,不大动脑子,所以解决问题就大胆。我们却思考得过多,我们满脑子的道理。……人的智力越是发达,人越是想得多,越是细致,人就越是犹豫不决,疑虑重重,不敢采取行动了。真的,如果往深里想一下,人得有多么大的勇气和信心才敢于教导别人,审判别人,写出大部头的书来啊。……"

时钟敲了十下。

"好,孩子,该去睡了。"检察官说,"再会,走吧。"

"不,爸爸,"谢辽查皱起眉头说,"我还要坐一会儿。你给我讲点什么!讲个故事吧。"

"好吧,不过讲完故事,你马上就去睡觉。"

叶甫根尼·彼得罗维奇养成习惯,每到闲暇的傍晚,总要给谢辽查讲故事。如同大多数做实际工作的人一样,他一首诗也记不得,也想不起一个神话,因此他每次都得临时编造。他一开头,照例从老套头讲起:"在一个王国,在一个国家",随后他就讲些幼稚的荒唐事,开头讲的时候根本不知道故事的中部和结尾会是怎样。场面啦、人物啦、事情啦,都是信口编出来的,情节和含意仿佛自动形成,跟讲故事的人不相干似的。谢辽查很喜欢这种临时编出来的故事,检察官注意到情节越是平淡,不复杂,对孩子的影响反而越强烈。

"你听着!"他开口了,抬起眼睛看着天花板,"有一个王国,有一个国家,住着一个很老很老的皇帝,留着挺长的白胡子,而且……而且他的唇髭也是又白又长。嗯,他住在水晶宫里,那个宫在太阳底下闪光发亮,好比一大块洁净的冰。不过,孩子,那个宫坐落在大果园里。果园呢,你知道,长着橙子啦……佛手柑啦,樱桃啦……开着郁金香,玫瑰,铃兰,有许多五颜六色的鸟歌唱。……对了。……树上挂着小玻璃铃铛,一起风就丁零丁零地响起来,可好听了。玻璃的声音比金属柔和清脆。……那么,另外还有什么呢?园子里有喷泉。……你记得你在索尼雅姑姑的别墅里见过一个喷泉吗?是啊,皇帝果园里的喷泉就是那个样子,只是大得多,喷出来的水柱有最高的杨树的树顶那么高。"

叶甫根尼·彼得罗维奇沉吟一下,接着说:

"老皇帝只有一个儿子,他是皇位继承人。他还是个孩子,跟你这么小。那是个好孩子。他从来也不耍小性子,很早就上床睡觉,桌子上的东西一样也不动,总之……总之他是个乖孩子。他只有一个缺点,那就是他吸烟。……"

谢辽查紧张地听着，眼睛也不眨，盯住他父亲的眼睛。检察官接着说下去，暗想："往下该说些什么呢？"他把这个故事拖得长而又长，真所谓废话连篇，临了是这样结束的：

"皇太子因为吸烟而得了肺痨病，活到二十岁就死了。年老多病的老人就此孤孤单单，没有人来帮助他。没有人来管理这个国家，保护这个宫殿。敌人来了。他们杀死老人，毁坏宫殿，如今果园里已经没有樱桃，没有鸟儿，没有小铃铛了。……就是这样的，孩子。……"

连叶甫根尼·彼得罗维奇自己都觉得这样的结尾可笑，幼稚，然而整个故事却给谢辽查留下了强烈的印象。他的眼睛又蒙上悲哀以及类似恐怖的神情。他呆呆地瞧了一会儿窗口，打了个寒战，用压低的声音说：

"我以后再也不吸烟了。……"

等到他道过晚安，走去睡觉，他父亲就慢腾腾地从这个墙角走到那个墙角，微微笑着。

"人们会说，在这里起作用的是美和艺术形式，"

他思忖道,"就算是这样吧,可是这并不能使人感到安慰。反正这不是正当的办法。……为什么道德和真理就不应该按它们本来的面目提出来,却要掺和别的东西,一定要像药丸那样加上糖衣,涂上金光呢？这不正常……这是伪造,欺骗……耍花招。……"

他想起那些非发表"演说"不可的陪审员们以及仅仅从民谣和历史小说里吸收历史知识的一般人,他想起他自己,他自己也不是从布道词和法律里,而是从寓言、小说、诗歌里汲取生活观念的。……

"药品必须甜,真理必须美。……人类从亚当的时代起就养成了这种癖好。……不过……也许这很自然,本来就应该如此吧。……在自然界,有很多合理的欺骗和幻象呢。……"

他动手工作,可是那些懒洋洋的、隐秘的思想很久还在他头脑里漫游。天花板的上面,已经听不见练琴的声音,可是二楼的住客,仍旧在房间里从这一头走到那一头。……

出　事

车夫的故事

　　喏,老爷,这件事就出在小山沟后边那个小树林里。我那去世的父亲——愿他升天堂!——身边带着五百卢布上地主家去。那时候,我们的农民和谢彼列沃村的农民都租种地主的地,为此,我父亲拿着钱去付半年的地租。他老人家是个敬畏上帝的人,常读《圣经》,讲到克扣谁的钱,或者欺负谁,或者,比方说,诈骗谁的财物什么的,那可是从来也不干的。农民们都很敬重他老人家,遇到要派人进城去见长官或者去送钱,总是叫他老人家去。他老人家有十分出众的人品,可是,倒不是我要说他坏话,他也有管不住自己的毛病。他老人家喜欢喝两杯。平时见到酒馆就放过去,那是办不到的,他总得走进去,喝上一杯,临了可就喝得人事不知了!他老人家知道自己的这种弱点,每逢去送公款,总要带上我或者我的小妹妹安纽特卡①,免得睡着或者一不小心把钱弄丢了。

凭良心说,我们一家人都好喝酒。我读过书,认得字,在城里一家烟草店干过六年活,跟各式各样受过教育的先生们都能谈上几句,各式各样的好听话都会说。不过有一次,我在一本小书上读到白酒就是恶魔的血,这话倒千真万确,老爷。就因为喝酒,我的脸才发青,我周身上下才变得不像样。现在呢,您瞧,我当马车夫,跟不识字的庄稼汉,跟无知无识的人一样了。

我刚跟您说过,我父亲送钱到地主家去。他是带

---

① 安纽特卡和下文的安努希卡均为安娜的小名或爱称。

着安纽特卡一块儿上路的,那时候安纽特卡七岁,要不然就是八岁,傻呵呵的,个子挺矮。到卡兰契克村以前,他们一路平平安安,他老人家也没喝酒,可是一到卡兰契克村,他老人家就走进莫依塞依卡的酒馆,他那个老毛病发作了。他老人家喝下三杯酒,当着许多人说大话:

"我是个普普通通的老百姓,"他说,"可我的衣袋里却有五百卢布哩。我呀,"他老人家说,"只要我有心,我就能把这个酒馆,把这些坛坛罐罐,把莫依塞依卡和他的犹太娘们儿,再加上他那些犹太小崽子,一股脑儿买下来。不管什么东西我都买得起,而且我敢包干儿。"他老人家说。

不用说,他老人家这是开玩笑,可是后来又抱怨起来。

"教友们啊,"他老人家说,"当个阔佬或者商人什么的,可真烦死人。没有钱也就没有牵挂,有了钱就得随时留神自己的口袋,提防坏人来偷。钱多的人活在这个世界上可真是活受罪。"

那些喝醉酒的人当然把他的话听清楚,心里明白,记下了。那时候卡兰契克一带正在修铁路,各式各样的坏人和光脚汉多得数不清,就像一群饿狼。我父亲后来醒悟过来,可是已经迟了。话一说出口,就追不回来了。我父亲和我妹妹坐着大车走过这个小树林,老爷。可是正在这当口,忽然有人骑着马从后头追上来。我父亲可不是胆小的人,谁也不能这样说他,可是他心里起疑了。小树林里素来没有通车马的路,只有人去拾干草和柴火,谁也不会没来由地骑着马上那儿去,特别是在干活的季节。骑着马飞奔,总不会是要办什么好事。

"他们好像在追什么人,"我父亲对安纽特卡说,"他们的马跑得这么急。刚才在酒馆里我本该闭紧嘴巴,叫我的舌头长疔疮才好。唉,小闺女,我的心觉出来,马上要出事了!"

他老人家对这危险的局面没有考虑多久,就对我小妹妹安纽特卡说：

"事情有点不妙，也许真有人来追我。不管怎样，亲爱的安努希卡，你拿着钱，好孩子，把它藏在衣服里，到那丛灌木后头去躲起来。万一那些该死的家伙真来打劫我，你就跑去找你母亲，把钱交给她，让她送到乡长那儿去。不过你得当心，别让人瞧见你，专拣小树林、小山沟跑，免得人家看见。你拼命跑，要祷告仁慈的上帝。求基督跟你同在！"

我父亲就把一个小钱包塞给安纽特卡，她找到一丛比较茂盛的灌木，藏起来。过了一会儿，有三个骑马的人跑到我父亲跟前。一个身体强壮，生得肥头大耳，穿一件红布衬衫，脚上一双大皮靴，另外两个衣衫褴褛，大概是修铁路的。我父亲担心的事，老爷，果然发生了。那个强壮结实、与众不同、身穿红布衬衫的汉子拦住马，三个人把我父亲团团围住。

"站住，你这个坏家伙！钱在哪儿？"

"什么钱？滚开！"

"就是你拿到地主那儿去交租的钱!拿出来,你这个坏家伙,秃头鬼,要不然我们就打死你,叫你来不及忏悔就咽气!"

他们开始对我父亲耍蛮,我父亲不但不央求他们,哭哭啼啼什么的,反而勃然大怒,正颜厉色地痛骂他们。

"你们这些该死的干吗缠住我?"他说,"你们是一帮坏蛋,不敬畏上帝,巴不得叫你们遭了瘟疫才好!你们该得的不是钱,而是一顿打,叫你们的脊背痒上三年才对。走开,混蛋,要不然我就动手了!我怀里揣着一管手枪,装着六发子弹!"

强盗一听这话越发凶了,随手捞起一个东西来就打我父亲。

他们把板车上的东西都翻遍,把我父亲周身搜遍,甚至把他的皮靴也脱下来。他们见我父亲挨了打反而骂得更凶,就千方百计折磨他。这时候安纽特卡正坐在灌木后面,这个乖孩子什么都瞧见了。等到她看见我父亲躺在地上喘气,她就赶紧从地上跳起来,穿过灌木,穿过小山沟,拼死命往家里跑。她是个小妞儿,什么也不懂,路也不认识,撒开了腿乱跑。那儿离我们家有九俄里光景。换了别人,有一个钟头也就跑到了,可是一个小姑娘家难免跑一步退两步,再说在树林的荆棘丛中光着脚跑路,可也不是每个人都办得到的,先得养成习惯才成。我们那儿的小妞儿呢,素来待在炕头上,或者在院子里走动,不敢跑到树林里去的。

将近傍晚,安纽特卡好歹算是跑到一户人家,她一看,不知是什么人的小木房。原来那是苏霍鲁科沃耶村后面官家树林的守林人的小木房,当时那片树林由商人租下来烧炭用。她就敲门。有个女人出来开门,她是守林人的老婆。安纽特卡头一件事就是立刻眼泪汪汪地把事情的经过对她讲了一遍,丝毫也没隐瞒,连钱也讲到了。守林人的老婆非常可怜她。

"我的心肝!乖乖!小宝贝,多亏上帝保佑呀!我的亲女儿!到屋里来,至少让我给你拿点吃的!"

仇　敌　集

　　她极力拉拢安纽特卡,给她吃的喝的,甚至陪她一块儿哭,待她十分殷勤,结果,你猜怎么着,这个小妞儿居然把钱包交给她了。

　　"我啊,好孩子,把钱藏起来,"她说,"明天早晨我拿给你,再把你送回家去,小乖乖。"

　　女人接过钱,让安纽特卡在炉台上睡下,当时炉台上晾着些笤帚。守林人的女儿也在炉台上,睡在那些笤帚上,她跟我们的安纽特卡一样小。后来安纽特卡讲给我们听,说那些笤帚可香哩,有蜂蜜的气味! 安纽特卡躺下来,睡不着觉,不出声地哭,为我父亲难过和害怕。可是,老爷,过了一两个钟头,不料三个折磨我父亲的强盗走进小木房里来了。他们的头目,那个穿着红布衬衫、肥头大耳的汉子,走到女人跟前说:

　　"哎,我的老婆,刚才我们白白弄死了一个人。今天晌午,"他说,"我们打死了一个人。人倒是打死了,可就是一个钱也没捞到手。"

　　原来穿红布衬衫的就是守林人,就是那个女人的丈夫。

"那家伙白白送了命，"他那些衣服破烂的同伴说，"我们白白叫我们的灵魂背上了罪孽。"

守林人的妻子瞧着他们三个人，笑起来。

"你笑什么，傻娘们儿？"

"我笑的是我既没弄死什么人，也没有让我的灵魂背上罪孽，可是钱倒拿到手了。"

"什么钱？你胡扯些什么啊？"

"那就叫你看看我是不是胡扯。"

守林人的妻子，这个该死的娘们儿，解开钱包，把钱亮给他们看，然后把事情原原本本讲了一遍，说安纽特卡怎样来找她，对她讲了些什么，等等。那些杀人犯高兴起来，开始分赃，几乎打起架来，后来呢，不用说，凑着桌子坐下喝酒了。可是安纽特卡，这个可怜的孩子，躺在那儿听着他们那些话，却不住发抖，好比犹太人落进了煎锅。这可怎么办呀？她从他们的话里听出父亲已经死了，横倒在路当中，这个傻孩子仿佛看见有些狼和狗正在吃她那可怜的父亲,我们的马走进树林深处,也让狼吃掉了,她安纽特卡呢,没有把钱照管好,就要给送进监牢,挨打了。

强盗们大喝一通,然后打发娘们儿去沽酒。他们给她五卢布,叫她买白酒和甜酒。他们花别人的钱喝个醉,唱起来。他们喝呀,喝呀,这些狗东西,然后又打发娘们儿去买酒,不用说,他们想没完没了地喝下去。

"咱们索性一直喝到大天亮!"他们喊道,"现在我们的钱多得很,用不着俭省!喝吧,就是别喝昏了头。"

这样,到了午夜大家都喝得酩酊大醉,娘们儿第三次跑去买酒。守林人在小木房里来来回回走了两次,脚步踉跄。

"喂,弟兄们,"他说,"这个小妞儿可得收拾掉!要是我们照这样放过她,她就会头一个去告发我们。"

他们考虑一下,商量一阵,做出了这样的决定:不能让安纽特卡活下去,得干掉她才成。谁都知道,杀死无辜的小孩是可怕的,干这种事的除非是喝醉酒或者发了疯的人。他们不知该派谁去下手,大概争吵了一个钟头,彼此推诿,几乎又打起架来,谁也不肯承担。于是他们就抓阄。守林人抓中了。他便又喝下一满杯酒,嗽嗽喉咙,到穿堂去取斧子。

可是安纽特卡这个姑娘挺有心眼。别看她傻,可是,真没料到,她想出来的主意却不是随便哪个有学问的人想得出来的。也许上帝怜恤她,这当儿叫她变聪明了,可也许她一害怕反倒机灵起来了,总之到了紧要关头,她却比谁都有办法。她悄悄地爬起来,祷告过上帝,拿起守林人妻子给她盖上的那件短羊皮袄。你知道,守林人的女儿,跟她同年龄的姑娘,跟她并排睡在炉台上,她就把小羊皮袄盖在小姑娘身上,从小姑娘身上取下一件娘们儿的短上衣,披在自己身上。这就是说,她掉换一下。她把短上衣蒙住头,穿过房间,经过那些醉汉面前,他们还以为她是守林人的女儿呢,看都没看她一眼。幸好那个娘们儿不在家,买酒去了,要不然小姑娘也许还是逃不脱那把斧子,因为女人眼尖,跟鹰一样。娘们儿的眼睛可是尖得很呢。

安纽特卡走出房外,拔脚飞跑。她在树林里转了一夜,早晨才跑到树林边上,顺着大路跑下去。上帝保佑,她碰见了文书叶果尔·达尼雷奇……如今他已经去世,愿他升天堂。他正带着钓鱼竿去钓鱼。安纽特卡就把事情一五一十对他说了。他赶紧往回走,这时候还顾得上钓鱼吗?他到村子里,召集农民们,赶到守林人家里去。

他们到了那儿,看见那些凶手喝醉酒,横七竖八地躺着。女人也喝醉酒,跟他们躺在一块儿。他们首先在这些人身上搜查一下,把钱取回。临了,他们往炉台上一看,天哪,真是可怕!守林人的女儿躺在笤帚上,盖着小羊皮袄,整个脑袋却被斧子砍下来,泡在一摊血里。他们就叫醒那些男人和女人,倒绑上他们的手,押到乡里去。女人放声大哭,可是守林人光是不住地摇脑袋,央告说:

"弟兄们,给我点酒醒一醒吧!我头痛呀。"

后来他们按规矩在城里受审,受到十分严厉的法律惩罚。

这就是在小山沟后边那个树林里出的事,老爷。现在差不多已经看不清那个树林,火红的太阳落到树林后头去了。我只顾跟您讲话,连这些马都站住,仿佛也在听似的。喂,你们这些漂亮的宝贝儿!跑得欢一点吧,坐车的先生是位好老爷,会赏给咱们茶钱的。喂,你们这些小亲亲!

牡　　蛎[①]

　　我无须乎过于费力地追忆,就可以记起那年秋天阴雨的薄暮,当时的情形至今历历在目:我怎样跟我父亲一起站在莫斯科一条人烟稠密的街道上,怎样感到一种奇怪的病逐步控制我。痛苦倒一点也没有,只是我的腿不住地往下弯,我的话堵在喉咙里说不出来,我的头无力地往一边歪着。……看来我马上就要倒在地下,人事不知了。

----

① 俄国饭馆中一种价钱很贵的海味名菜。

假如那时候我进医院住下,医生就一定会在我床头的病历牌上写下"饥饿"①这个词,那却是医学教科书上所没有的一种病。

我的亲爹在人行道上挨着我站住,身穿旧的夏大衣,头戴旧呢帽,帽胎破了,露出一小块白棉花。他两只脚上穿着又大又重的套靴。这个爱面子的人生怕外人看出他光着脚穿套靴,就在他的腿肚上套一双旧靴筒。

这个可怜而又有点愚蠢的怪人,他那件漂亮的夏大衣越是破旧肮脏,我对他倒爱得越深。他五个月前来到京城谋求文书的职位。这五个月他一直在城里奔走,托人找工作,直到今天才下定决心到街上来乞求施舍。……

我们前面是一所三层楼的房屋,挂着青色招牌,上写"饭馆"两个字。我的头软弱无力地往后仰,朝一边

---

① 原文为拉丁语。

歪着,我就不由自主地看着楼上,看着饭馆灯光明亮的窗子。窗子里不断闪过人影。我瞧见一架管风琴的右半边、两张彩色画片、几盏挂灯。……我往一个窗口里看,盯住一块白色的东西。那块东西轮廓方正,一动也不动,跟四周的深棕色背景截然分开。我凝神细看,认出那是墙上一张白招贴。那上面写着字,至于究竟写的是什么,就看不清了。……

我有半个钟头之久没让我的眼睛离开招贴。它的白颜色吸住我的目光,似乎给我的脑子施了催眠术。我竭力要认出那些字来,然而我的努力却白费。

最后,那种奇怪的病显出力量来了。

渐渐,马车的辘辘声在我耳朵里像是隆隆的雷声,我在街上的臭气中闻出一千种气味,饭馆的挂灯和街灯在我眼睛里成了耀眼的闪电。我的五种知觉一齐紧张起来,敏锐得反常。我开始看到先前看不清的东西。

"牡蛎……"我认出了招贴上的词。

奇怪的词!我在世上活了足足八年零三个月,可是这个词却一次也没听到过。它是什么意思？莫非这是饭馆老板的姓？可是话说回来,有姓的招牌①总是挂在门外,而不是挂在墙上!

"爸爸,什么叫牡蛎?"我费力地把脸扭到父亲那边,用沙哑的嗓音问。

我父亲没听见。他在注视人群的活动,用眼睛跟踪每个行人。……我凭他的眼神看出他想对行人说什么话,然而那句要命的话却像沉重的砝码似的挂在他颤抖的嘴唇上,无论如何也吐不出口。他甚至已经向一个行人迈出一步,碰碰他的衣袖,可是等到那个人回过头来,他却说声"对不起",心慌意乱,倒退回来了。

"爸爸,什么叫牡蛎?"我又问道。

"这是那么一种动物。……生在海里。……"

一刹那间我想象出这种从没见过的海洋动物是什么样子。它想必是介乎鱼虾之间的一种东西。既然是

---

① 俄国的饭馆常以老板的姓命名。

海味,人们当然就把它烧成很鲜美的热汤,撒上很香的胡椒粉,加上月桂叶,或者加上点脆骨,烧成酸溜溜的杂拌汤,要不然就做成虾酱,再不然就做成拌着洋姜的海鲜冻。……我生动地想象人们怎样从市场上把这种动物买回来,赶快收拾干净,赶快下锅……赶快,赶快,因为大家都饿了……饿极了!厨房里飘来煎鱼和虾汤的香味。

我感到那种香味刺得我的上颚和鼻孔发痒,渐渐渗透我的全身。……饭馆啦,父亲啦,白招贴啦,我的袖子啦,都冒出那种香气,味道浓得很,惹得我嘴里咀嚼起来。我又是嚼又是咽,倒好像我嘴里真有一小块那种海洋动物似的。……

我觉着舒服得很,两条腿往下弯。我怕跌倒,就抓住父亲的袖子,靠紧他那湿漉漉的夏大衣。父亲在发抖,缩起身子。他冷。……

"爸爸,牡蛎是素菜还是荤菜?"我问。

"这种东西要活着吃下肚……"我的父亲说,"它们有壳,像乌龟一样,不过……是由两片壳包住的。"

霎时间,鲜美的香味不再惹得我全身发痒,我的幻想破灭了。……现在我才完全明白!

"多么叫人恶心,"我小声说,"多么叫人恶心的东西啊!"

原来牡蛎是这么个东西!我就想象一种类似青蛙的动物。那只青蛙藏在两片贝壳里,睁着又大又亮的眼睛朝外看,不住地摆动它那难看的下颚。我暗自想象人们怎样从市场上买回这种动物来,它包在贝壳里,伸出几只螯,闪着亮晶晶的眼睛,皮肤黏糊糊的。……所有的孩子都躲起来。厨娘厌恶地皱起眉头,提起这个动物的螯,把它放在碟子上,送到饭厅里去。那些成年人拿起来就吃……把它活活吃下去,连它的眼睛、牙齿、爪子一股脑儿吃下肚去!它呢,吱吱地叫,极力咬人的嘴唇。……

我皱起眉头,然而……然而我的牙齿为什么咀嚼起来了?那个动物讨厌,可恶,吓人,可我还是把它吃了,吃得狼吞虎咽,生怕尝出它的味道,闻出它的气味。我刚吃完一个,却已经看见第二个,第三个的亮晶晶的眼睛。……我把这些也都吃了。……最后我吃餐巾,吃碟子,吃我父亲的套靴,吃那张白招贴。……凡是我眼睛见到的东西,我统统吃下肚去,因为我觉得,只有不断地吃,我的病才能好。那些牡蛎吓人地瞪起眼睛,样子可憎,我一想到它们就发抖,可我还是要吃!吃!

"给我牡蛎!给我牡蛎!"这呼声从我胸膛里冒出来,我向前伸出两只手。

"帮帮我们吧,诸位先生!"这时候我听见父亲闷声闷气地说,"我不好意思告帮,可是,我的上帝啊!我熬不下去了!"

"给我牡蛎!"我叫道,揪住父亲的大衣后襟。

"你莫非要吃牡蛎?这么小的孩子!"我听见身旁有笑声。

有两个先生站在我们面前,头上戴着高礼帽,笑呵呵地瞧着我的脸。

"你这个娃娃要吃牡蛎?真的吗?这倒有趣!你怎么吃法呢?"

我记得一只有劲的手把我拖到灯光明亮的饭馆里去。过了一分钟,一群人把我团团围住,带着好奇心和笑声瞅着我。我挨着桌子坐下,吃一种黏糊糊的东西,有腌过的味道,冒出潮气和霉气。我狼吞虎咽地吃着,没咀嚼,没看它,也没问一声我吃的是什么。我觉得我一睁开眼睛,就必定会看见亮晶晶的眼睛、螯和尖牙。……

我忽然开始嚼一种硬东西。响起了碎裂的响声。

"哈哈!他连壳都吃了!"人群笑道,"小傻瓜,难道这能吃吗?"

我记得,这以后我渴得厉害。我躺在床上,却睡不着觉,因为我胃痛。我觉得滚烫的嘴里有一股怪味。我父亲从这个墙角走到那个墙角,用手比画着。

"我好像着凉了,"他喃喃地说,"我脑袋里有那么一种感觉。……仿佛那里面坐着个什么人似的。……

也许这是因为今天我没有……那个……没有吃东西。……我,说真的,有点古怪,愚蠢。……我明明看见那些先生买牡蛎付出十卢布,那我为什么不走过去,向他们要几个……借几个钱呢?他们多半肯给的。"

到第二天早晨我才睡熟,梦见一只有螯的青蛙藏在贝壳里,转动眼珠。中午我渴得醒过来,睁开眼睛找我的父亲:他仍旧走来走去,打手势。……

莫斯科的特鲁勃纳亚广场上

圣诞修道院附近有个不大的广场,名叫特鲁勃纳亚,或者简单地叫作特鲁巴。每到星期日,那儿总有市集。好几百件皮袄、大衣、皮帽、礼帽在那儿蠕动,如同粗箩上的虾一样。人们可以听见鸟雀各种声调的鸣叫声,这使人想起春天。如果太阳照耀,天空无云,那么鸟叫声和干草气味就给人更强烈的印象,让人想起春天而思绪万千,把人的思想带到远而又远的地方去。广场的一边停着一长排货车。货车上装着的不是干草,不是白菜,不是豆子,却是金翅雀、黄雀、蓑羽鹤、百灵鸟、黑色和灰色的鸫鸟、山雀、灰雀等。所有那些鸟雀都在质量不好、随手做出来的笼子里蹦蹦跳跳,羡慕地瞧着自由的麻雀,啾啾地叫。金翅雀卖五戈比一只,黄雀贵一点,至于其余的鸟雀,价钱就极难确定了。

"百灵鸟怎么卖?"

卖鸟的人连自己也不知道他的百灵鸟值多少钱。他搔着后脑壳,随口说个价钱,或是一卢布,或是三戈比,这就要依买主的身份而定。贵重的鸟也有。有一个鸟笼,其中肮脏的小横梁上,立着一只老鸫鸟,羽毛已经褪色,尾巴秃光。它稳重,庄严,纹丝不动,神态颇像退役的将军。它对失去自由这件事早已安之若素,瞧着蔚蓝的天空也早已全不介意。大概它就因为态度冷漠,才被人认为是有灵性的鸟吧。这种鸟少于四十戈比是买不到手的。在鸟雀四周,踩着泥地挤来挤去的,有中学生,有工人,有穿时髦大衣的青年人,还有些鸟迷,头上戴着破旧不堪的帽子,下身穿着仿佛被老鼠咬过的破裤子,裤腿卷起来。卖给青年和工人的鸟,往往用雌的冒充雄的,用小鸟冒充老鸟。……他们对鸟不大在行。不过要叫鸟迷上当,那却办不到。鸟迷对鸟,只要远远一看,就明白了。

"这只鸟靠不住,"鸟迷观察一只黄雀的嘴,数了数它尾巴上的羽毛,说,"现在它在唱,这是实在的,不过这又算得了什么? 我到人群里也会唱呢。不行啊,老兄,你得不夹在鸟群里也能唱才行。要是你有本事,就单独对我唱。……喏,你把待在那儿不唱的那一只拿给我! 把那只一声不响的鸟拿给我! 它不出声,可见它留着一手呢。……"

在装载鸟雀的货车之间,也能碰到装载其他各种小动物的货车。您在那儿可以看到野兔、家兔、刺猬、豚鼠、黄鼠狼。一只野兔坐在那儿,忧闷地啃麦秸。豚鼠冷得发抖。刺猬睁开藏在刺里的眼睛,好奇地打量人们。

"我在一本什么书上读到过,"一个邮局官员穿着褪色的大衣,用爱怜的眼光瞅着野兔,自言自语地说,"我读到过一个学者让一只猫、一只老鼠、一头青鹰、一只麻雀凑着同一个碗吃饭。"

"这很可能,先生。因为猫挨过打,青鹰尾巴上的毛恐怕已经全拔光了。这根本用不着什么学问,先生。

我的教父家里就养着一只猫,请您别见怪,它居然吃黄瓜。大约有两个星期之久,他拿大鞭子把它抽得遍体伤痕,就把它教会了。一只野兔,要是你径自打它,它就能学会点燃火柴。您干吗吃惊?这很简单嘛!它把火柴衔在嘴里,刺啦一声就擦亮了!动物跟人一样。人挨了打就会变得聪明点,畜生也是这样呢。"

人群里有些穿厚呢长外衣①的人穿来穿去,胳肢窝里夹着公鸡和公鹅。那些家禽都又瘦又饿。小鸡从笼子里伸出难看而脱了毛的头,啄食泥地里的什么东西。有些小男孩拿着鸽子,端详您的脸,极力想弄明白您是不是鸽子迷。

"是啊!没法跟您说话!"有人生气地叫道,"您先看一看,然后再说话!难道这是鸽子?这简直是鹰,不是鸽子!"

有个高而且瘦的人留着短连鬓胡子,唇髭却刮光,从外貌看,是个听差。他有病,喝醉了酒,在卖一条毛色雪白的狮子狗。这条老母狗不住哀叫。

---

① 俄国农民的服装。

"她老人家吩咐我,喏,卖掉这个玩意儿,"听差说,鄙夷地冷笑,"她老人家到老年穷了,没有东西吃,现在,喏,只好卖猫卖狗。她老人家哭着,亲它们的脏脸,可是她穷得不能不卖。真的,这是事实!你们买下吧,诸位先生!等着钱去买咖啡呢。"

然而谁也没笑。一个小男孩站在他身旁,眯细一只眼睛,严肃地瞧着他,现出怜悯的神情。

最有趣的是卖鱼的地方。大约有十个农民坐成一排。他们每人面前放着一个桶,每个桶都是一个苦不堪言的小地狱。桶里装着发绿的浑水,水里蠕动着小鲫鱼、小鳗鱼、幼鱼、蜗牛、铃蟾、瘰螈等。大水虫断了腿,在小小的水面上乱窜,爬到鲫鱼背上,跳过铃蟾的身子。铃蟾爬到水虫身上去,瘰螈又爬到铃蟾身上去。这些动物都欢蹦乱跳!深绿色的冬穴鱼是比较贵重的鱼,受到优待,单独装在一个罐子里,那里面固然不能游泳,不过总算不那么拥挤。……

"鲫鱼是了不起的鱼!鲫鱼容易养,老爷,这个该死的玩意儿!你把它放在水桶里哪怕养上一年,它也还活着!就拿这些鱼来说,我捉到也已经有一个星期了。我是在彼烈尔沃村捉到的,先生,后来从那儿走着回来。鲫鱼卖两戈比一条,小鳗鱼三戈比一条,幼鱼呢,一枚十戈比硬币能买十条,这些该死的玩意儿!您买五戈比的幼鱼吧。请问,您不买点小软虫①吗?"

卖鱼的人把手伸进桶里去,用粗糙而坚硬的手指头从中捞出一条细嫩的幼鱼或者像指甲盖那样大的小鲫鱼来。他们的桶子旁边放着钓丝、钓钩、渔具。从池塘里捞出来的小软虫迎着太阳闪出火红的亮光。

鸟车旁边,鱼桶旁边,有个喜爱飞鸟虫鱼的老人走来走去,头戴皮帽,脸上架着铁边眼镜,脚上穿一双套鞋,像是两条装甲舰。这个人,照此地人的称呼,叫作"怪人"。他身上一个小钱也没有,然而,尽管如此,他却讲价钱,神态兴奋,硬给买主出主意。他已经用一个

---

① 做钓饵用。

钟头的工夫把所有的野兔、鸽子、鱼都考察完了,考察得极其细致,确定一切货品和每个动物的品种、年龄、价钱。他像孩子似的对小金翅雀、小鲫鱼、幼鱼颇有兴趣。比方说,您跟他谈起鹆鸟,怪人就会对您讲出一套您在任何书上都找不到的话来。他会跟您讲得兴致勃勃,热情奔放,另外还要责怪您一窍不通。他讲起小金翅雀和灰雀来,就高高兴兴地讲个没完没了,瞪大眼睛,用力挥动两只手。在这儿,在特鲁巴,人们只能在寒冷的季节遇见他,到夏天他就走出莫斯科城,到郊外,吹着小笛捉鹌鹑,或者钓鱼去了。

这儿还有另一个"怪人"。那是个很高很瘦的老爷,戴着黑眼镜,刮光胡子,头戴有帽徽的制帽,类似古时候的书吏。他是鸟迷。他有不小的官阶,在中学里做教员①,这是特鲁巴的常客都知道的。他们对他很尊敬,见到他就鞠躬,甚至给他诌出个特别的称号:

---

① 旧俄时代,中学教员是有官阶的文官。

"代词老爷。"他在苏哈列沃一带搜罗旧书,在特鲁巴物色良种鸽子。

"请过来!"卖鸽子的人对他叫道,"教员先生,代词老爷,请您瞧瞧这些筋斗鸽! 代词老爷!"

"代词老爷!"四面八方,大家纷纷叫他。

"代词老爷!"人行道上一个小男孩也跟着叫道。

"代词老爷"分明早已听惯他这个称号,就庄重而严厉地伸出两只手,接过一只鸽子来,把它举得高过头顶,开始考察它,在这种时候,他皱起眉头,变得越发严肃,像是一个心怀叵测的阴谋家了。

特鲁巴,莫斯科这块不大的地方,过着它那渺不足道的生活,在那里,动物受到那么温柔的怜爱,也受到那么痛苦的折磨,在那里,人们吵吵嚷嚷,心情激动。凡是一本正经而且笃信宗教的人,在人行道上路过此地,往往弄不明白为什么聚着这么一群人,为什么那些便帽、无边帽、高礼帽杂七杂八地混在一起,也不明白他们谈些什么,做些什么生意。

疏　　忽

彼得·彼得罗维奇·斯特利仁是上校夫人伊凡诺娃的外甥,也就是去年不知让谁偷去一双新套靴的那个人。一天晚上,他去赴洗礼宴,深夜两点钟才回到家里。为了避免惊醒家里人,他在穿堂小心地脱掉衣服,踮起脚尖,大气也不敢出,摸回卧室,没有点起灯火就准备睡了。

斯特利仁平时过着不喝酒的规矩生活,脸上总是带着劝人为善的神情。他只读宗教和修身一类的小册子,然而在这次洗礼宴上,他看到柳包芙·斯皮利多诺芙娜分娩顺利,一时高兴,竟然喝下四杯白酒,另外又喝下一大杯葡萄酒,那味道仿佛介乎酸醋和蓖麻油之间。不过,烈酒很像海水或者荣誉:越喝就越想喝。……现在,斯特利仁脱着衣服,心里却巴不得再喝点酒才好。

"达宪卡的柜子里好像有白酒,放在右边的角上。"他想,"要是我喝一杯,她也看不出来。"

斯特利仁略微踌躇一下,就压下害怕的心情,往柜子那边走去。他小心地打开柜门,把手伸到右边角落里,摸到酒瓶和杯子,斟上酒,把瓶子放回原处,然后在胸前画个十字,把酒喝下去。可是马上发生了一件类似奇迹的事。有一股可怕的力量,像炮弹一样,猛然把斯特利仁从柜子那儿抛到一口箱子上。他眼前金星直冒,呼吸急促,全身上下有一种感觉,仿佛掉在一个满是水蛭的泥沼里了。他觉得他吞下肚去的好像不是白酒,而是一块炸药,它炸开了他的身体、这所房子和整条巷子。……他的脑袋、胳膊、腿都炸得粉碎,飞到空中不知什么鬼地方去了。……

他在箱子上一动也不动,屏住呼吸,躺了三分钟光景,然后坐起来,问自己:

"我在哪儿啊?"

他清醒过来以后,清清楚楚感到的头一件事就是眼前有一股刺鼻的煤油气味。

"我的圣徒啊,原来我喝的不是白酒,而是煤油!"他害怕地想道,"圣徒啊!"

他一想到自己已经服毒,就觉得身上又是发冷,又是发热。他也确实服了毒,除去房间里的气味可以证明以外,他嘴里滚烫的感觉、眼前的金星、脑袋里打钟般的嗡嗡声、胃里的刺痛,也向他证明了这一点。他觉得死在临头,不愿意用空洞的希望欺骗自己,打算跟亲人告别,就往达宪卡的卧室走去(他的妻子已经去世,因此管家的不是女主人,而是他的大姨子,老处女达宪卡)。

"达宪卡!"他走进她的卧室,用要哭的声音说,

仇 敌 集

"亲爱的达宪卡!"

黑暗中有个什么东西翻了个身,长吁一口气。

"达宪卡!"

"啊?什么?"一个女人的声音急速地说,"是您吗,彼得·彼得罗维奇?已经回来了?哦,怎么样?那女孩子起了个什么名字?谁做教母?"

"教母是娜达里雅·安德烈耶芙娜·韦里科斯威特斯卡雅,教父是巴威尔·伊凡内奇·别索尼曾。我……我,达宪卡,大概快要死了。新生下来的孩子起名叫奥里木皮阿达,为的是纪念他们的女恩人。我……我,达宪卡,喝了煤油。……"

"得了吧!难道他们给人喝煤油?"

"说老实话,我原想不问您一声就喝点白酒,于是……于是上帝来惩罚我了:我在黑暗中一不当心,把煤油喝下肚去了。……这可怎么办呢?"

达宪卡一听他没有得到她的许可就擅自打开柜子,她的精神可就来了。……她很快地点上蜡烛,跳下床来,只穿着衬衣,满脸雀斑,瘦得皮包骨,头上夹着卷发纸,光着脚,跑到柜子那儿去。

"是谁让您干这种事的?"她朝柜子里张望着,严厉地问,"难道白酒放在这儿是给您喝的?"

"我……我,达宪卡,喝下去的不是白酒,而是煤油啊……"斯特利仁喃喃地说,擦着冷汗。

"可是您为什么去动煤油?煤油关您什么事?是为您才把它放在那儿的吗?或者,您以为煤油是不用花钱白白得来的吗?啊?您可知道现在煤油是什么价钱?您知道吗?"

"亲爱的达宪卡!"斯特利仁哀叫道,"这牵涉到生死问题,您却谈钱!"

"他喝醉了不说,又把鼻子往柜子里拱!"达宪卡叫道,气冲冲地使劲关上柜门,"哼,坏蛋,磨人精!我这个苦命的、倒霉的人哟,黑夜白日都不让我消停!阴险的妖蛇,该死的暴君,但愿您到来世也照这样受苦才好!明天我就走!我是姑娘家,我不许您只穿着内衣站在我面前！我没穿戴整齐,不准您瞧着我！"

她讲了又讲。……斯特利仁知道,要是达宪卡生了气,那么,别人祈求也罢,发誓也罢,放炮也罢,她一概听不进去。于是他摆一摆手,穿上衣服,决定去找医生。然而医生只有在你不需要他的时候才容易找到。斯特利仁跑遍三条街,在切普哈尔扬茨医生的家门口拉了五次铃,在布尔狄兴医生的家门口拉了七次铃,然后跑到一家药房去,心想药剂师也许能帮他的忙。他在药房里等了许久,才有一个身材矮小、皮肤发黑、头发拳曲的药剂师向他走来,这个人带着睡意,穿着睡衣,生着一张那么严肃而且聪明的脸,简直叫人望而生畏。

"您有什么事?"他问,像他那样的口气是只有十分聪明庄重、信奉犹太教的药剂师才会有的。

"请您看在上帝分上……我求求您!"斯特利仁上气不接下气地说,"请您给一点什么药吧。……我刚才不当心喝下了煤油！我要死了！"

"请您不要激动,回答我对您提出的问题。您一兴奋,就会妨碍我理解您的话。您喝了煤油?真的吗?"

"真的,喝了煤油!您快救命吧,劳驾!"

药剂师严肃而冷漠地走到办公桌跟前,摊开一本书,专心看起来。他看完两页,先是耸起一个肩膀,然后耸起另一个肩膀,做出轻蔑的面容,想一想,走到旁边一个房间里去了。时钟敲了四下。一直到四点十分,药剂师才回来,手里拿着另一本书,又专心地看起来。

"哼!"他说,仿佛大惑不解似的,"您要是觉得不舒服,您就该去找医生,而不是到药房来。"

"不过医生那儿我已经去过!拉了铃,却没有人来开门。"

"哼!……在您的心目中,我们这些药剂师不是人,您甚至深夜四点钟来惊动我们,可是每条狗、每只猫都有休息的时候。……您什么也不顾,依您看来,我们不是人,我们的神经一定跟绳子那么结实。"

斯特利仁听完药剂师的话,叹口气,走回家去了。

"这样看来,我是必死无疑了!"他想。

他嘴里滚烫,有煤油气味,肚子里像刀割一样痛,耳朵里砰砰地响。他每分钟都觉得死到临头,心脏要停止跳动了。……

他回到家,匆匆写下一个字条:"请不要把我的死因归咎于任何人。"然后祷告上帝,躺下,盖上被子,蒙住头。他一直到天亮也没睡着,静等着死,随时幻想他的坟上长满绿油油的嫩草,鸟雀在上面叽叽地叫。……

可是到了早晨,他坐在床上,含笑对达宪卡说:

"凡是过正派的规矩生活的人,亲爱的大姨子,任什么毒物都不能损害他。就拿我来打比方吧,我本来已经走到死亡的边缘,眼看就要死了,痛苦不堪,现在却又没事了。只是嘴里发烫,嗓子里又痒又痛,至于全身,倒是蛮健康的,谢天谢地。……那么,究竟是什么缘故呢？就因为我过的是规矩生活。"

"不,这是因为煤油的质量差!"达宪卡说着,叹口气,想到家中的开支,呆呆地出神,"这是说店铺里给我的不是上等货,而是一个半戈比一俄磅①的货色。我真是个苦命的、倒霉的人哟,您这个坏蛋,害人精,只求您到下一个世界也这样受苦才好,该死的暴君。……"

她滔滔不绝地讲下去。……

---

① 旧俄重量单位,1俄磅等于409.5克。

不痛快的事

"马车夫,你的心涂上了煤焦油。你,老弟,从来也没有恋爱过,所以你也就不会明白我的心理。这场雨浇不灭我灵魂里的火,就跟消防队也扑不灭太阳似的。见鬼,我这话说得多么有诗意啊!你,马车夫,总不是诗人吧?"

"不是,老爷。"

"哦,那么你要明白……"

最后席尔科夫伸手到口袋里去摸钱包,要付车钱了。

"朋友,我们原先讲定一卢布二十五戈比。你收下车钱吧。喏,这是一卢布,这是三枚十戈比硬币。多给你五戈比。再见,希望你记住我。不过,请你把这个筐子先拿下车,放在那边台阶上。要小心点,筐子里装着一个女人的舞衣,我爱那个女人胜过爱我的生命啊。"

马车夫叹口气,不乐意地从赶车座位上爬下来。他在黑暗中稳住身子,踩着泥浆,把筐子送到台阶的梯级上。

"哼,这种天气!"他用责备的口气抱怨着,叹口气,嗽了嗽喉咙,鼻子里发出一种仿佛在呜咽的声音,不乐意地爬上赶车座位去。

他吧嗒一下嘴,他那匹小马就游移不决地蹚着泥浆走了。

"我觉得,该带来的,我已经都带来了。"席尔科夫盘算着,用手摸索门框,找门铃。"娜嘉要我到女服店去取衣服,我取了。她叫我买糖果和干酪,我买了。她要我买一束花,有了。'神圣的殿堂啊,向你致敬……'①"他唱起来。"见鬼,门铃在哪儿?"

席尔科夫怡然自得,就跟一个人刚吃过晚饭,又喝过不少酒,清楚地知道明天不必早起一样。再者,他还知道他在城里冒着雨,在泥地里坐了一个半钟头的马车后,会走进温暖的地方,有个年轻的女人在等待他。……只要知道一会儿就可以暖和过来,此刻挨一会儿冻,淋一下雨,也还是愉快的。

席尔科夫在黑地里摸到门铃上的小圆疙瘩,拉两下。门里响起了脚步声。

"是您吗,德米特里·格利果利奇?"一个女人的声音悄悄问道。

"是我,漂亮的杜尼雅霞!"席尔科夫回答说,"快点开门,要不然我就浑身湿透了。"

"哎呀,我的上帝!"杜尼雅霞开了门,不安地小声

---

① 法国作曲家古诺(1818—1893)所作歌剧《浮士德》中浮士德的咏叹词。——俄文本编者注

说,"您说话可别这么响,也别跺脚。要知道,我们的老爷从巴黎回来了!今天傍晚回来的!"

一听到"老爷"两个字,席尔科夫就从门口倒退一步,刹那间心里生出一种怯懦的、孩子气的恐怖,就连十分勇敢的男人,如果出乎意外地有可能碰见情妇的丈夫,也会生出这种恐怖心情的。

"糟糕!"他听见杜尼雅霞小心地关好门,顺着小门道走回去,暗自想道,"这是怎么回事?这是说,请你向后转!谢谢①,这可没有料到!"

他忽然觉得可笑,觉得有趣了。深更半夜,冒着倾盆大雨,从城里坐车来到她的别墅,依他看来像是一场逗笑的冒险,现在他又突然碰上丈夫,这场冒险就显得越发好笑了。

"这倒是一件极有趣的事呢,真的!"他对自己说,"不过现在我到哪儿去呢?坐车回去?"

---

① 原文为法语。

雨还在下,大风吹得树叶沙沙地响,然而在黑暗里既看不见雨,也看不见树。水在沟里和排水管里咕咕地流着,好像在讪笑他,恶毒地讥诮他。席尔科夫立脚的那个台阶没有顶棚,因此他真要淋透了。

"仿佛故意捣乱似的,他偏在这种天气回来。"他暗想,笑了,"叫这些丈夫见鬼去吧!"

他跟娜杰日达·奥西波芙娜的风流韵事是一个月以前开始的,可是他还没亲眼见到过她的丈夫。他只知道她丈夫原籍是法国,姓布阿索,干经纪人的行业。从席尔科夫瞧见的一张照片来看,他是个普通的资产者,四十岁上下,生着一张法国军人气派的脸,留着又密又长的唇髭,人瞧着这样的脸,不知什么缘故,总想揪一把他的唇髭和拿破仑式的大胡子,问一声:"喂,有什么新闻吗,军士先生?"

席尔科夫吧唧吧唧地踩着稀泥,跌跌撞撞,往一个方向走出不远,叫道:

"马车!马车!!!"

没有人答话。

"一丁点儿声音也没有,"席尔科夫抱怨说,摸黑回到台阶上,"刚才我那辆马车已经给打发走了,这儿就是大白天也找不到马车。哼,这个糟糕的局面!只好守到天亮!见鬼,这筐子淋透了雨,衣服要淋坏了。这东西值二百卢布呢。……得,这个糟糕的局面!"

席尔科夫反复考虑,正不知道该带着这个筐子到哪儿去躲雨才好,忽然想起这个别墅区的边上有个圆形舞池,旁边有个安置乐队的亭子。

"或者就到那个亭子里去?"他问自己,"这倒是个办法!可是我拿着筐子走得到吗?这个该死的筐子好大哟。……这些干酪和花束真要命。"

他拿起筐子,不过立刻想起来:等他走到亭子那儿,筐子简直能湿透五回了。

"哼,这又是个问题!"他笑道,"天哪,雨水顺着我的脖子流下来了!呸。……浑身淋透,受冻,又喝醉了酒,马车却没有……只差那个丈夫跳到街上来,举起手杖把我痛打一顿了。不过,该怎么办呢?总不能在这儿呆站到天亮啊,再者衣服也就全完了。……这样吧。……我就再拉一次门铃,把东西交给杜尼雅霞,我自己再到亭子里去。"

席尔科夫小心地拉一下铃。过了一分钟,门里传来脚步声,钥匙眼里闪出亮光。

"是谁啊?"一个嘶哑的男人声音带着法国腔问。

"圣徒啊,这大概就是那个丈夫吧。"席尔科夫暗想,"只好撒个谎了。……"

"劳驾,"他说,"这是兹留奇金的别墅吗?"

"见鬼,这儿根本就没有什么兹留奇金。滚开,什么兹留奇金!"

席尔科夫不知怎的发窘了,惭愧地嗽一下喉咙,从台阶那儿走开。他一脚踩进水洼,灌了一雨鞋的水,生气地吐口唾沫,可是立刻又笑起来。他这场冒险变得越来越荒唐了。他特别愉快地想到明天他要把这场冒险讲给他那些朋友和娜嘉①本人听,他要学一学丈夫的说话腔调,学一学雨鞋咕唧咕唧的响声。……他那些朋友一定会笑破肚皮呢。

"只是有一件事糟糕:她的衣服要淋湿了!"他想,"要不是因为这件衣服,我早就到亭子里去睡觉了。"

他在筐子上坐下,想用身子遮住雨,可是从他那淋湿的披风和帽子上流下来的水,却比天上落下的雨水还要多。

"呸,见鬼!"

席尔科夫在雨里站了半个钟头,想到自己的健康。

"照这个样子,我恐怕会得热病。"他暗想,"这个处境可真妙! 或者再拉一次门铃? 啊? 老实说,我真要拉铃了。……如果丈夫来开门,那就好歹撒个谎,把那身衣服交给他了事。……我可不能在这儿一直守等天亮! 哎,豁出去了! 拉铃吧!"

---

① 娜嘉是娜杰日达的爱称。

仇　敌　集

席尔科夫发了小学生的脾气,对着大门和黑暗吐了吐舌头,拉一下铃。在寂静中过了一分钟,他就又拉一次铃。

"是谁?"一个生气的声音带着法国腔问。

"布阿索太太住在这儿吗?"席尔科夫恭恭敬敬地问。

"啊?见鬼,您有什么事?"

"女服店老板卡契希太太打发我给布阿索太太送一件衣服来。对不起,来得这么迟。事情是这样的:布阿索太太要求尽快把这件衣服送来……要在明天早晨以前送到。……我是傍晚从城里动身的,可是……天气太坏……差点来不成。我不能……"

席尔科夫没有说完话,因为大门在他面前推开了。门里有盏小灯的亮光摇摇闪闪,布阿索先生出现在他眼前,他的模样跟照片上完全一样,生着军人的脸和很长的唇髭,不过在照片上他打扮得像个花花公子,如今却只穿着衬衫。

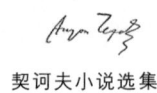

"我本来不想打搅您,"席尔科夫接着说,"不过布阿索太太要求把她的衣服尽快送来。我是卡契希太太的弟弟。而且……而且,天气太坏了。"

"好,"布阿索说,阴郁地动一动眉毛,接过筐子,"谢谢您的姐姐。我妻子等衣服一直等到十二点多钟。她说有一位什么先生答应给她送来。"

"再麻烦您把干酪和花束转交您的太太,这是她放在卡契希太太那儿忘了拿走的。"

布阿索接过干酪和花束,闻一下干酪,又闻一下花束,没有关上门,站在那儿,摆出等待的姿势。他看着席尔科夫,席尔科夫看着他。他们沉默了一分钟。席尔科夫想起他的朋友们,想起明天他打算把这场冒险讲给他们听,于是现在他想再添点笑料,好给这种荒唐锦上添花。然而他想不出该添点什么笑料,那个法国人却站在那儿,等着他走。

"这天气真要命,"席尔科夫嘟哝说,"天又黑,地下又泥泞,雨又大。我全身都淋湿了。"

仇 敌 集

"是的,先生,您完全淋湿了。"

"再者,我雇的马车也走了。我不知道该上哪儿去躲雨才好。请您答应我在您穿堂里坐一坐,等到雨停再走吧。"

"啊?好,先生①。请您脱掉雨鞋,到这儿来。这没什么,这是可以的。"

法国人关上大门,领着席尔科夫走进他很熟悉的小客厅。客厅里一切摆设都照旧,只是桌上放着一瓶红葡萄酒,房中央放一排椅子,上面摆着一个又窄又薄的小床垫。

"天很冷,"布阿索把灯放在桌子上,说,"我是傍晚才从巴黎回来的。那边到处都好,暖和,可是这儿,俄国,却很冷,而且有那么多温子……稳子……蚊子②。这些该死的东西老是叮人。"

布阿索斟上半杯葡萄酒,做出很气愤的脸色,喝

---

①② 原文为法语。

下去。

"这一夜我一直没睡着,"他说,在小床垫上坐下,"先是蚊子,后来又有个畜生不住拉铃,要找兹留奇金。"

随后法国人沉默下来,低下头,大概在等雨停。席尔科夫认为依照礼貌,他有义务跟法国人攀谈几句。

"看来,您在巴黎正赶上一个很有趣味的时期。"他说,"您在那儿的时候,布朗热①呈请退休了。"

后来席尔科夫讲到格雷维②、第鲁列特、左拉。他不久就相信法国人还是头一次从他口里听到这些名字。法国人在巴黎只认得几家商号和他的姑母③卜列塞太太,别的就一概不知道了。他谈了一阵政治和文学,结果布阿索又一次做出气愤的脸色,喝下葡萄酒,

---

① 布朗热(1837—1891),法国将军,1886—1887年任陆军部长。——俄文本编者注
② 格雷维(1807—1891),法国共和派政治家,1879—1887年的第三共和国总统。——俄文本编者注
③ 原文为法语。

挺直身子在那个薄床垫上躺下。

"哼,这位丈夫大概没什么权,"席尔科夫想,"鬼才知道这算是什么床垫!"

法国人闭上眼睛。他心平气和地躺了一刻钟,忽然跳起来,睁开无神的眼睛呆瞪瞪地瞧着客人,仿佛什么也不懂似的,然后现出气愤的脸色,喝葡萄酒。

"该死的蚊子。"他抱怨说,用一条毛茸茸的腿擦另一条腿,然后走到隔壁房间去了。

席尔科夫听见他叫醒一个人,说:

"那边有一位红头发的先生,给你送衣服来。"①

他不久就走回来,又拿起酒瓶。

"我的妻子一会儿就来。"他说,打个哈欠,"我明白,您是要钱吧?"

"越来越不好受了。"席尔科夫暗想,"可笑极了!娜杰日达·奥西波芙娜一会儿就来。当然,我得装出

---

① 原文为法语。

不认得她的样子。"

裙子的沙沙声响起来,有一道房门微微推开,席尔科夫看见了他熟悉的那个鬈发的小脑袋,她的脸颊和眼睛都带着睡意。

"是谁从卡契希太太那儿来了?"娜杰日达·奥西波芙娜问,不过她马上就认出席尔科夫,尖叫一声,笑起来,走进房间来了。"是你啊?"她问,"这是演的什么滑稽戏?你怎么弄得满身是泥?"

席尔科夫涨红了脸,做出严厉的眼神,简直不知道该怎么办才好,斜起眼睛看一下布阿索。

"啊,我明白啦!"太太猜到了,"你大概怕查克吧?我忘了事先对杜尼雅霞交代一声。……你们认识吗?这是我的丈夫查克,这是斯捷潘·安德烈伊奇。……衣服带来了吗?好,谢谢,朋友。……我们走吧,我本来想睡了。那么,你,查克,睡吧……"她对丈夫说,"你一路上劳累了。"

查克惊讶地瞧了瞧席尔科夫,耸耸肩膀,带着气愤的脸色去拿酒瓶。席尔科夫也耸耸肩膀,跟着娜杰日达·奥西波芙娜走去。

他瞧着阴暗的天空,瞧着泥泞的道路,心里想:

"这真肮脏呀!魔鬼会把一个知识分子糟蹋到什么地步!"

他开始思忖什么是道德的,什么是不道德的,思忖纯洁和不纯洁。他怀着落到不愉快的处境中的人所常有的那种心情忧郁地想起他工作的书房和桌上的文稿,一心想回家去了。

他就悄悄走进客厅,绕过睡熟的查克,出去了。

他一路上没说话,极力不去想查克,可是不知什么缘故,查克老是钻进他脑子里来。他不再跟马车夫谈天。他心里跟胃里一样不舒服。

可怕的一夜

伊凡·彼得罗维奇·巴尼希津①脸色发白,把灯芯捻小,用激动的声调讲起来:

"一八八三年圣诞节前夜,我们许多人在一个现在已经去世的朋友的家里开招魂术会,等到我告辞出来,走回家去,夜色已经黑得伸手不见五指,笼罩着大地。我走过的那些巷子,不知什么缘故没点灯,我几乎只好摸着黑走。我住在莫斯科的圣墓教堂附近,我的

---

① 这个姓可意译为"安魂祭"。下文所有姓氏和地名都与死亡有关,不一一注出。

家在文官特鲁波夫的那所房子里,因而是阿尔巴特的一个最荒僻的地方。我走着,我的思想沉闷而抑郁。……

"'你的一生临近末日。……你忏悔吧。①……'

"这就是在招魂术会上被我们召唤来的斯宾诺莎的灵魂对我所说的话。我要求再说一遍,小碟②不但重述一遍,而且还添了一句:'就在今天晚上'。我不相信招魂术,可是我一想到死,哪怕只是个暗示,也会灰心丧气。死亡,诸位先生,是不可避免的,它平淡无奇,然而另一方面,死亡的念头同人的天性却格格不入。……目前,浓重寒冷的黑暗把我团团围住,雨点在我眼前发疯般地飞舞,风在我头顶上凄凉地哀叫,我看不见四周有一个活人的影踪,听不见一点人的声音,我的灵魂就充满模糊而无法描摹的恐惧。我虽然是个摆脱了迷信的人,却匆匆地赶路,不敢回头看,也不敢往

---

① 指俄国东正教徒临死前所行的忏悔礼。
② 招魂术的工具之一。

两边瞧。我觉得如果我回头看一眼,我就一定会瞧见死亡化为幽灵跟在我后面。"

巴尼希津急促地吐口气,喝点水,继续说:

"那种模糊的然而你们可以理解的恐惧,甚至在我爬上特鲁波夫那所房子第四层楼,开了房门,走进自己房间的时候,也没有离开我。我那简陋的住处一片漆黑。风在火炉里哭泣,仿佛要求取暖似的,不住敲打通气孔的小门。

"'如果相信斯宾诺莎的话,'我微微一笑,'那么今天晚上我就要在这种哭泣声中死掉。这可真是吓人!'

"我划亮火柴。……一阵狂风刮过房顶。轻微的哭泣一变而为凶恶的咆哮。楼下不知什么地方,有块已经脱落一半的护窗板开始砰砰地敲打墙壁。我的通气孔的小门尖声叫着,发出凄厉的求救声。……

"'那些无家可归的人遇上这样的夜晚,可真糟透了。'我暗想。

"可是我已经没有工夫沉湎于这一类思虑。我那根火柴上的硫黄燃起小小的蓝色火焰,我往房间里扫一眼,顿时眼前现出一副意外而可怕的景象。……可惜那阵大风没刮灭我的火柴!要是刮灭,或许我就什么也不会看见,我的头发就不会一根根竖起来了。我大叫一声,往门口跨出一步,心里充满恐惧、绝望、惊讶,闭上眼睛。……

"原来房间中央放着一口棺材。

"那小小的蓝色火焰没有燃很久,可是我已经看清了棺材的轮廓。……我看见棺材上盖着闪光的粉红色锦缎,看见棺材盖上有个饰着丝绦的金十字架。有些东西,诸位先生,尽管你们只看一眼,却从此印在你们的记忆里,忘不掉了。这口棺材就是这样。我只见到一秒钟,然而就连它最小的特征,我也统统记住了。那口棺材是供中等身材的人用的,凭粉红的颜色来判断,又是供年轻的姑娘用的。贵重的锦缎啦,垫脚啦,铜环啦,处处都说明亡人是富有的。

"我一口气跑出房间,什么也没考虑,什么也没想,光是感到说不出的害怕,顺着楼梯飞奔下去。过道上和楼梯上都很黑,我的腿又被皮大衣的底襟缠住,而我居然没有跌跤,摔断脖子,倒是怪事。我跑到街上,倚着湿漉漉的街灯柱站住,定一定神。我的心跳得厉害,我喘不过气来。……"

一个听讲的人把灯捻亮点,往讲话的人那边凑过去。讲话的人就接着说:

"如果我看见房间里起了火,来了贼,来了疯狗,我倒不会这么惊讶。……要是天花板塌下来,地板陷下去,墙壁倒塌,我也不会这么惊讶。……这些都是自然的,可以理解的。可是我的房间里怎么会有棺材呢?它是从哪儿来的?而且是一口贵重的和供女人用的棺材,显然是为年轻的贵妇做的,然而它怎么会跑到一个小官的寒酸的房间里来了?棺材是空的呢,还是里面装着死尸?她,这个阔女人,死得既不是时候,又对我进行了这么奇怪而可怕的访问,究竟是谁呢?恼人的秘密!

"'如果这不是奇迹,那就一定是罪行。'我脑子里闪过这个想法。

"我猜不出所以然来。我不在家,房门是锁着的,藏钥匙的地方只有跟我很接近的朋友才知道。然而朋友们不会把棺材放到我家里来。此外还可以推测这口棺材是由抬棺材的人错抬到我家里来的。他们可能记错和认错哪层楼或者哪个门,于是把棺材送错了地方。不过,我们那些抬棺材的人素来是不领到工钱,或者至少不拿到酒钱是不肯走出房间的,这一点又有谁不知道呢?

"'那些灵魂预告我要死亡,'我想,'莫非它们出了力,赶快给我送来一口棺材?'

"我,诸位先生,是不相信招魂术的,从来就不相信。然而这样的巧合,甚至能使得哲学家也生出神秘主义的心情呢。

"'不过所有这些都是胡思乱想,我胆小得像小学生一样,'我暗自断定,'这不过是眼睛的错觉,如此而已!先前我走回家来,心绪极其忧郁,这就无怪乎我的病态的神经会看见棺材。……当然,这是眼睛的错觉!还会有什么别的缘故呢?'

"雨抽打我的脸,风凶猛地拉扯我的衣襟和帽子。……我冻得发僵,衣服湿透了。我总得走掉才行,可是……到哪儿去呢?回到自己的家里去,就有重新看见棺材的危险。再看到那种景象,我可受不住。要我独自守着那口棺材,看不见周围有一个活人,也听不见一点人的声音,而棺材里又或许躺着死尸,那我就可能发疯。可是留在街上,淋着滂沱大雨,受冷挨冻,那也不是办法呀。

"我决定到我朋友乌波科耶夫家里去过夜,而这个人,你们都知道,后来开枪自杀了。当时他住在死巷里商人切烈波夫的带家具的公寓里。"

巴尼希津擦掉苍白的脸上冒出来的冷汗,深深地叹了一口气,继续说:

仇 敌 集

"我到我朋友家里,他却不在家。我敲一阵门,相信他确实不在家,就在门框上摸到钥匙,推开房门,走进去。我脱下淋湿的皮大衣,丢在地板上,在黑暗中摸到长沙发,坐下休息。屋里很黑。……风在通气窗里悲哀地呜咽。炉子里有只蟋蟀在单调地叫,唱着千篇一律的歌。克里姆林宫的钟声响起来,召唤人去做圣诞节晨祷。我赶紧划亮火柴。然而亮光并没有消除我郁闷的心情,而是正好相反。那种可怕的、说不出的恐惧又抓住我。……我大叫一声,身子摇晃一下,身不由己地跑出房外。……

"原来我在朋友房间里又看见我在自己房间里所看到的那种东西:棺材!

"我朋友家里那口棺材比我家里那口几乎大一倍,深棕色的棺材套给它添上一种特别阴沉的色彩。这儿怎么会有棺材?这一定是眼睛的错觉,这一点已经无可怀疑了。……不可能每个房间里都有棺材!这分明是我的神经出了毛病,这是幻觉。从此以后不论我走到哪儿,到处都会看见面前出现死亡的可怕住处。可见我已经神志不清,得了一种类似'棺材狂'的病,至于发狂的起因,那是不必费很多工夫就可以找到的:只要回想一下招魂术会和斯宾诺莎的话就够了。……

"'我发疯了!'我心惊胆战地暗想,抱住我的头,'我的上帝!这可怎么办呀?!'

"我的头要炸开,我的腿发软。……大雨滂沱,像是从桶子里倒下来似的,寒风刺骨,可是我既没穿皮大衣,也没戴帽子。回到房间里去取,我办不到,我没有那种力量。……恐惧用冰冷的胸怀抱紧我。虽然我相信这是幻觉,可是我的头发一根根竖起来,脸上淌下冷汗。"

"这该怎么办呢?"巴尼希津继续说,"我发疯了,而且有得重感冒的危险。幸好我想起离死巷不远住着我的好朋友波果斯托夫,是个不久以前才毕业的医生。那天晚上他跟我一块儿去参加过招魂术会。我就匆匆地往他家里走去。……那时候他还没娶阔绰的商人女儿,住在五等文官克拉德比宪斯基房子的五楼。

"我的神经注定了要在波果斯托夫家里再一次受到考验。我正爬上五层楼,却听见那儿闹得不可开交。上边有个人奔跑,脚步声很重,房门砰砰地开关。

"'救救我呀!'我听见撕裂人心的喊叫声,'救救我呀!扫院子的人!'

"过了一会儿,从上边,顺着楼梯,迎着我跑下一个黑色的人影,身穿皮大衣,头戴揉皱的高礼帽。……

"'波果斯托夫!'我认出我的朋友波果斯托夫,叫道,'是您吗?您怎么了?'

"波果斯托夫跑到我跟前,站住,慌忙抓住我的手。他脸色苍白,呼呼地喘气,浑身发抖。他眼珠乱转,胸脯起伏不定。……

"'是您吗,巴尼希津?'他闷声闷气地问,'真是您吗?您脸色苍白,就跟刚从坟墓里爬出来的一样。……可是慢着,莫非您是幻影?……我的上帝。……您的样子怪可怕的。……'

"'可是您怎么了？您面无人色！'

"'哎呀，好朋友，让我喘口气吧。……我见到您很高兴，如果真的是您，而不是我的眼睛发生错觉的话。那个该死的招魂术会……它闹得我神经错乱，害得我，您猜怎么着，刚才一回到家里，就看见我房间里有……一口棺材！'

"我不相信我的耳朵了，就要求他再说一遍。

"'棺材，真正的棺材！'医生说，疲惫不堪地在楼梯上坐下。'我不是胆小鬼，不过话说回来，要是参加了招魂术会后在黑屋子里碰见一口棺材，那就连魔鬼也会吓坏的。'

"我慌里慌张，结结巴巴地对医生讲我自己见到的两口棺材。……

"一时间我们瞪大眼睛互相瞧着，惊讶得张开嘴巴。可是后来，我们为要相信自己不是幻觉，就动手在对方身上拧一把。

"'我俩都觉得痛，'医生说，'可见我们现在不是在睡觉,不是在梦中相见。那么我看到的棺材和你见到的那两口棺材也不是眼睛的错觉,而是实实在在的东西。可是现在该怎么办呢,老兄?'

"我们在寒冷的楼梯上足足站了一个钟头,反复猜想和推测,却怎么也弄不明白是怎么回事,后来我们身上冷得很,就决定丢开懦弱的恐惧,叫醒仆人,跟他一起走进医生房间里去。我们果然照这样做了。我们走进房间,点上蜡烛,真的看见一口棺材,上面蒙着白色锦缎,锦缎下边坠着金色穗子和流苏。仆人虔诚地在胸前画个十字。

"'现在不妨看一下,'脸色惨白的医生说,周身发抖,'究竟这口棺材是空的,还是里面……有人?'

"经过长久的和可以理解的迟疑以后,医生弯下腰,又恐惧又担心,咬紧牙关,掀开棺材的盖子。我们往棺材里看一眼。……

"棺材里是空的。……

"那里面没有死尸,可是我们却在里面找到一封

信,内容如下:

"'亲爱的波果斯托夫!你知道我岳父的生意亏空很大。他欠了一身债。明天或者后天他的财产就要查封。这就彻底断送了他家和我家,断送了我们的名誉,而这在我是看得比什么都重的。在昨天的家庭会议上,我们决定把一切值钱的和贵重的东西都藏起来。我岳父的全部财产就是棺材(你知道,他是棺材业的巨头,在本城首屈一指),所以我们决定把最好的棺材都藏起来。我把你看作我的朋友,要求你帮助我,挽救我们的财产和名誉!我希望你会帮助我们保管我们的财产,特送上棺材一口,好朋友,请求你收藏在家里,保管到我领回为止。缺了熟人和朋友的帮助,我们就完了。我希望你不会拒绝我,特别是因为这口棺材放在你家里不会超过一星期。凡是我看作我们真心朋友的家里,我都分别送去棺材一口,并且寄希望于他们的慷慨高尚的品格。热爱你的伊

凡·切留斯青。'

"这以后我用三个月的工夫治疗我那错乱的神经。我们的朋友,棺材商人的女婿,倒保全了他的名誉,也保全了财产,而且已经开办一家殡仪馆,做墓碑和墓石的生意了。他生意不佳,因而现在我每天傍晚走回家里,老是担忧会在我的床边看见白色大理石墓碑或者灵台了。"

坏 孩 子

相貌好看的青年男子伊凡·伊凡内奇·拉普金和生着小翘鼻子的年轻姑娘安娜·谢敏诺芙娜·扎木勃里茨卡雅,顺着高陡的岸坡走下去,在长椅上坐下。长椅放在新生的而且茂密的柳丛中间,紧靠着河水。好一个美妙的所在!您一坐到这儿,就同外界隔绝了,只有鱼和水面上像闪电般跑来跑去的水蜘蛛才能看见您。两个青年人带着钓鱼竿、捞鱼网、装着蚯蚓的罐子和别的捕鱼工具。他们坐下,立刻动手钓鱼。

"我真高兴,我们到底单独在一块儿了,"拉普金往四下里看一眼,开口说,"我有许多话要跟您说,安娜·谢敏诺芙娜。……多得很呢。……当初我头一次看见您的时候……鱼在吃您的钓饵了。……我才明白我是为什么活着,我才明白我应当用我诚实而勤劳的一生供奉的神像在哪儿。……大概是一条大鱼上了您的钩。……我看见您,才头一次坠入情网,热烈地爱上您!您等一会儿再拉……让它咬住钓钩再拉。……您告诉我,我亲爱的,我求求您,我能指望……不是指望相互的爱情,不是的!……这我不配,我连想也不敢想。我能指望……您快拉呀!"

安娜·谢敏诺芙娜举起握着钓竿柄的手,猛力一拉,大叫一声。空中闪过一条银白发绿的小鱼。

"我的上帝啊,这是鲈鱼!哎呀,哎呀。……快一点!它要挣脱了!"

鲈鱼挣脱钓钩,在草地上跳动,往它的老家移过去,终于……扑通一声跳进水里去了!

拉普金忙着捉鱼,可是他的手没抓住鱼,不知怎么,无意中却抓住了安娜·谢敏诺芙娜的手,无意中把那只手送到他的唇边。……姑娘缩回手去,可是已经迟了:他们的两张嘴无意中凑到一起,接吻了。不知怎么,无意中就出了这样的事。他们频频接吻,然后海誓山盟,表白忠贞。……幸福的时光啊!可是,在人间生活里,却没有什么绝对幸福的东西。照例,幸福的事本身就含有毒素,或者受到外界什么东西的毒害。这一次也如此。两个青年人正在接吻,忽然传来了笑声。他们往河里一看,愣住了:原来有个赤身露体的男孩站在水里,水齐到腰上。那是中学生柯里亚,安娜·谢敏诺芙娜的弟弟。他站在水里,瞧着两个青年人,阴险地冷笑。

"啊啊……你们在亲嘴?"他说,"好哇!我要告诉妈妈去。"

"我希望您,像正派人那样……"拉普金涨红脸,嘟嘟哝哝说。"偷看是卑鄙的,告诉别人就下流、卑劣、可恶了。……我认为您会像正派而高尚的人那样……"

"给我一个卢布,那我就不去告诉!"高尚的人说,"要不然我就要去。"

拉普金从衣袋里取出一个卢布,拿给柯里亚。男孩用湿拳头握紧卢布,打一声呼哨,游着水远去了。两个青年人就此再也没接吻。

第二天拉普金从城里给柯里亚带来颜料和小皮球,他的姐姐把她收藏的空药丸盒统统送给他。后来他们又送给他刻着狗头的袖扣。坏孩子分明很喜欢这些,他为了得到更多的东西而开始监视他们。拉普金和安娜·谢敏诺芙娜走到哪儿,他就跟到哪儿。他一分钟也不让他们单独在一块儿。

"坏蛋!"拉普金咬牙切齿地说,"年纪那么小,却已经成了这么个大坏蛋!日后他会变成什么样的人?!"

整个六月,柯里亚弄得那对可怜的情人无法生活。他用揭发要挟他们,他监视他们,他勒索馈赠。送给他那么些东西,他还嫌不够,最后竟然谈起怀表来了。那有什么办法呢?他们只好答应给他买怀表。

有一回,大家正在吃中饭,仆人端上鸡蛋饼①来,他忽然哈哈大笑,挤了挤眼睛,问拉普金说:

"要说出来吗?啊?"

拉普金满脸通红,错把餐巾当作鸡蛋饼,放进嘴里嚼起来。安娜·谢敏诺芙娜从桌旁跳起来,跑到另一个房间里去了。

这样的局面,那对青年人一直熬到八月底,拉普金终于向安娜·谢敏诺芙娜求婚的那天才算了结。啊,那是多么幸福的一天!拉普金同未婚妻的父母谈过话,得到他们的同意以后,首先跑进花园里去,开始寻找柯里亚。他找到柯里亚,乐得差点哭起来,一把揪住坏孩子的一只耳朵。安娜·谢敏诺芙娜也在找柯里亚,跑过来,一把揪住他另一只耳朵。这对情人脸上那

---

① 点心是最后一道菜,暗示这顿饭已经吃完。

种解恨的神情真值得一看,这时候柯里亚哭着,央告他们说:

"亲爱的,好人啊,亲人啊,我下回不了!哎哟,哎哟,饶了我吧!"

后来他俩都承认,他们相爱的整个时期,一次也没体验过像拧坏孩子的耳朵那样的幸福,那样心花怒放的快乐。

活的年代表

五等文官沙拉梅金的客厅里笼罩着昏暗的灯光,那样的灯光使人感到很舒适。一盏大铜灯上安着绿色的罩子,灯光照在墙上,家具上,脸上,染上一层类似①《乌克兰夜晚》②的绿色。……壁炉正在熄灭,偶尔有一块冒烟的木头猛的燃起来,一时间给人的脸涂上火红的颜色,然而这并没有破坏亮光的总的和谐。画家

---

① 原文为法语。
② 俄国画家库英治(1842—1910)画过一张名为《乌克兰夜晚》的画,画面上主要是绿色。——俄文本编者注

们常说的那种总的色调始终不变。

沙拉梅金本人在壁炉前边一把圈椅上坐着,保持着刚吃过饭的人的姿势。他是个上了年纪的上等人,留着文官常有的花白络腮胡子,生着一对温和的浅蓝色眼睛。他脸上洋溢着温情,唇边露出忧郁的笑意。副省长洛普涅夫,一个仪表威严、四十岁上下的男子,坐在他脚旁一张小凳上,往壁炉那边伸直两条腿,不时懒洋洋地伸个懒腰。沙拉梅金的孩子们,尼娜、柯里亚、娜嘉和万尼亚,在钢琴旁边玩耍。通到沙拉梅金太太私室的房门略微开着,门里胆怯地射出亮光。那边,房门里面,沙拉梅金的妻子安娜·巴甫洛芙娜坐在她的写字台旁边。她担任本地妇女委员会主席,是个活泼而妩媚的小女人,年纪三十岁出头。她那对灵活的黑眼睛透过夹鼻眼镜正在看一本法国小说,眼光在书页上移动不停。小说下面压着一份去年的妇女委员会报告,已经揉皱了。

"以前我们这个城市在这方面要走运得多,"沙拉梅金说,眯细温和的眼睛瞧着冒烟的木炭,"没有一年冬天不来一个什么明星的。著名的演员来过,歌唱家来过,可是现在呢……鬼才知道是怎么回事!除了变戏法的和背着手摇风琴的流浪乐师以外,谁也不来了。……美的享受一点也没有。……我们就像在树林里过活。是啊。……那么您,阁下,记得那个意大利悲剧演员吗……他叫什么名字来着?……黑黑的头发,高高的身量。……求上帝赐给我好记性吧。……哦,对了!他叫路易德日·艾尔涅斯托·德·鲁德热罗。……他有出色的才能。……有力量!往往,他只要念一句道白,戏院里就满是喝彩声。我的安纽托琪卡①很关心他的才能。她为他四处奔走,找剧院,还替他卖出十场戏票。他为了报答她而教她朗诵和表演。那个人真好!他是……说得准确点……十二年前到此地来的。……不,我说错了。……要晚一点,十年前

---

① 安娜的爱称。

吧。……安纽托琪卡,我们的尼娜几岁了?"

"快十岁了!"安娜·巴甫洛芙娜在她的私室里嚷道,"怎么了?"

"不怎么,小母亲,我只是随便问问的。……从前,好的歌唱家也来过。……您记得抒情男高音①普利里普钦吗?那是个多么好的人!什么样的相貌啊!淡黄色的头发……脸上那么富于表情,巴黎人的气派。……还有,他的嗓子多么好,阁下!只有一件事糟糕:有几个音他是从胃里发出来的,'莱'干脆唱走了音,不过别的都挺好。他说,他在达木别尔里克②那儿学过唱。……我和安纽托琪卡为他奔走,找妥了公共俱乐部里的大厅。他为此感激我们,往往一连几天几夜给我们唱歌。……他教安纽托琪卡唱歌。……据我现在回想,他是在大斋③期间来

---

① 原文为意大利语。
② 达木别尔里克(1820—1889),意大利男高音歌唱家,曾不止一次在彼得堡演唱。——俄文本编者注
③ 基督教的斋期,在复活节前,共40日。

的,那是十……十二年前吧。不,还要早一点。……我的记性这么差,求主饶恕吧!安纽托琪卡,我们的娜嘉几岁了?"

"十二岁!"

"十二年了……要是加上十个月……嗯,一点不错……十三年!……从前我们这个城市里的生活总显得热闹得多。……比方就拿慈善性的晚会来说。我们以前有过多么好的晚会。多么可爱啊!又是唱歌,又是奏乐,又是朗诵。……战①后,我记得,那是土耳其战俘住在这儿的时候,安纽托琪卡为救济伤兵办过一个晚会。募捐来的钱有一千一百卢布。……那些土耳其军官,我记得,都对我的安纽托琪卡的歌喉喜欢得要命,一个劲儿吻她的手。嘻嘻。……他们虽然是亚洲人,倒也算得上懂得感恩的民族呢。那个晚会成功极了,信不信由您,我在日记里都写上了。那个晚会,据

---

① 指俄土战争(1877—1878)。

我现在回想,是在……七六年。……不!在七七年。……不!请问,哪一年我们这儿住着土耳其人?安纽托琪卡,我们的柯里亚几岁?"

"我,爸爸,七岁了!"柯里亚说。他是个黑孩子:脸色黝黑,头发黑得跟煤一样。

"是啊,我们老了,原先的那种精力已经没有了!……"洛普涅夫叹着气,附和道,"原因也就在这儿。……老了,老兄!新一辈的热心人还没有,而老一辈的又衰老了。……原先那种火一般的劲头已经没有了。当初我年轻的时候,不喜欢让社会人士寂寞无聊。……我总是给您的安娜·巴甫洛芙娜做头一个助手。……不管是举办慈善性晚会还是摸彩会,也不管是给外来的名流帮忙,我总是丢开一切,动手去张罗。有一年冬天,我记得,我忙得厉害,东奔西跑,甚至得了病。……那个冬天我再也忘不了!……您记得我跟您的安娜·巴甫洛芙娜为救济遭火灾的难民主办过一个什么样的公演吗?"

"那是在哪一年啊?"

"离现在不太久。……七九年吧。……不,似乎是八〇年!请问,您的万尼亚几岁了?"

"五岁!"安娜·巴甫洛芙娜在她的私室里嚷道。

"哦,这样说来,那就是六年前。……是啊,老兄,那时候可真热闹!现在已经不成了!那种火一般的劲头没有了!"

洛普涅夫和沙拉梅金开始沉思。那块快要烧完的木头最后一次猛燃起来,然后渐渐蒙上一层灰烬。

就 是 她!

"您给我们讲点什么吧,彼得·伊凡诺维奇!"姑娘们说。

上校捻着他的白唇髭,清一下喉咙,开口说:

"那是一八四三年,我们的兵团驻扎在倩斯多霍夫城附近。应当对你们说明一下,我的小姐们,那年冬天冷得厉害,没有一天哨兵们不把鼻子冻坏,大风雪不把道路堵死的。凛冽的严寒十月底就开始了,一直闹到四月间。那时候,应当对你们说明一下,我可不是现在这样,活像一根熏黑的旧烟管,而是个翩翩佳公子,你们可以想象出来,脸皮白里透红,一句话,是个美男子。我打扮得漂漂亮亮就跟孔雀一样,花起钱来满不在乎,捻着唇髭,天下再也没有一个准尉像我这么神气。往往,只要我眨巴一下眼睛,磕一下马刺,捻一下唇髭,就连顶高傲的美人也会变成俯首帖耳的羔羊。那时候我爱追女人不亚于蜘蛛爱捉苍蝇,现在,我的小姐们,如果我把当初搂住我脖子的波兰女人和犹太女人一个个举出来,那我敢向你们保证,数学里的数目字还不够用哟。……此外你们还要注意:我当时做团里的副官,擅长跳玛祖卡舞,又娶了个千娇百媚的女人,主让她的灵魂安息吧①。至于我当时是个什么样的调皮鬼,怎样天不怕地不怕,那你们简直没法想象。如果县里闹出什么恋爱纠纷,如果有谁扯掉犹太人的长鬓发,或者打波兰小贵族的嘴巴,那大家心里有数:这个人一准是维威尔托夫少尉。

---

① 意谓她现在已经死了。

"我做了副官,就有机会在县里各处奔走。我时而骑马去买燕麦或者干草,时而把有毛病的马卖给犹太人和波兰地主,不过,我的小姐们,最经常的却是装着出差,去赴波兰小姐的幽会,或者到有钱的地主家里去打纸牌。……我现在还记得,有一次,那是在圣诞节前夜,我坐着雪橇从倩斯多霍夫城到谢威尔吉村去,是上边派我去出差的。那天气,我跟你们说吧,可叫人受不了。……严寒不住逞威,把树木冻得噼啪地响,连马都咔咔地咳嗽,不出半个钟头,我和我的车夫都变成冰柱了。……光是严寒,不管怎样,总还可以对付,可是你们猜怎么着,半路上忽然起了暴风雪。白茫茫的大雪落下来,在空中打转盘旋,就像晨祷前的魔鬼,风哀叫起来,仿佛它的妻子被人夺走了似的。道路不见了。……不出十分钟,我、车夫、马都浑身是雪。

"'长官,咱们迷路了!'车夫说。

"'哎,见你的鬼!你这个笨蛋,长着眼睛干什么用的?好,一直往前走,也许会碰上一户人家!'

"好,我们走啊走的,转过来转过去,照这样熬到半夜,我们的马才停在一个庄园的大门口不走了,据我现在记得,那是有钱的波兰人包亚德洛夫斯基伯爵的家。我对波兰人和犹太人一概不感兴趣,不过也得说句实话,波兰小贵族倒都是好客的人,而且再也没有比波兰小姐更热情的女人了。……

"我们给让进去了。……当时包亚德洛夫斯基伯爵本人住在巴黎,我们是由他的总管,波兰人卡齐米尔·哈普青斯基接待的。我现在记得,还没有过完一个钟头,我就已经坐在总管的厢房里,跟他妻子有说有笑,喝酒打牌了。我赢了五个金币,灌足了酒,就告个罪,说要睡了。厢房里没处可住,我就给领到伯爵府邸的正房去了。

"'您不怕鬼吧?'总管把我领进一个不大的房间里,问道。隔壁是一个又冷又黑的空荡荡的大厅。

"'莫非这儿有鬼?'我问道,听见我的话语和脚步引起低沉的回声。

"'我不知道,'波兰人笑着说,'不过我觉得,这倒是个极其适合妖魔鬼怪流连的地方。'

"我痛饮了一番,已经酩酊大醉,可是,老实说,我一听见这话,却浑身发凉。见它的鬼,看见什么都不要紧,可就是别看见鬼啊!然而这也没有什么办法,我就脱掉衣服躺下。……我的蜡烛微微照亮四壁,你们猜怎么着,墙上满是祖宗的肖像画,一张比一张吓人,另外还挂着古代的兵器、猎人的角笛以及其他奇形怪状的东西。……四下里一片寂静,就跟坟墓里一样,只是隔壁的大厅里有老鼠沙沙地响,家具发出干裂声。窗外正在闹得天翻地覆。……风不知在为谁唱挽歌,树木哭啊叫的,纷纷弯下腰去。不知什么鬼东西,大概是百叶窗吧,吱哩吱哩地哀叫,拍打窗框。除此以外,又加上我头晕,晕得天旋地转。……我一闭上眼睛,就觉得我的床在整个空房里飞翔,跟魔鬼玩跳背游戏。为了减轻我的恐惧,我头一件事就是把蜡烛熄掉,因为空荡荡的房间在亮光下远比在黑暗里可怕。……"

三个姑娘本来在听上校讲话,这时候就向讲话人身边凑近点,定睛瞧着他。

"是啊,"上校继续说,"尽管我极力想睡着,我的睡意却消散了。我时而觉得有贼爬进窗来,时而又听见不知什么人在悄悄说话,时而好像有谁拍我的肩膀,总之我疑神疑鬼,这种情形是大凡神经曾经特别紧张过的人都熟悉的。不过,你们再也料不到,在种种可怕的幻影和乱糟糟的声音当中,我却清楚地听见另一种声音,好像有人穿着拖鞋在走路,发出吧嗒吧嗒的响声。我仔细一听,你们猜怎么样?我听见有人走到我的房门跟前来了,这人嗽一嗽喉咙,推开了门。……

"'谁啊?'我问,坐起来。

"'是我……你别怕!'一个女人的声音回答说。

"我往门口走去。……过了几秒钟,我就觉得有两条女人的胳膊,像鸭绒那么软,搭在我的肩膀上了。

"'我爱你……我把你看得比生命都宝贵哟。'女人的清脆的声音说。

"火热的呼吸扑到我脸上来。……我忘却风雪，忘却魔鬼，忘却世上的一切，伸出胳膊去搂住她的腰……那是什么样的腰啊！像那样的腰，大自然是不会轻易做出来的，至多十年一次。……细得就像是由旋工旋出来的，热乎乎，轻飘飘，活像婴儿的呼吸！我情不自禁，紧紧地把她搂在怀里。……我们的嘴合在一起，热烈而长久地吻着……我凭全世界所有的女人向你们起誓，我到死也忘不了这一吻。"

上校停住嘴，喝下半杯水，压低喉咙继续说：

"第二天我看一眼窗外，瞧见风雪越发大了。……要赶路根本不行。我只好在总管家里坐一整天，打牌，喝酒。傍晚我又到空房子里去，午夜一到，我又搂住那熟悉的腰，……是啊，小姐们，要不是有这种爱情，那一次我就会活活闷死。也许我只能死命灌酒了。"

上校叹口气，站起来，沉默地在客厅里走来走去。

"可是……后来怎么样呢？"一个小姐等得着急，

屏住呼吸问道。

"没有什么了。第二天我就上路了。"

"可是……那个女人是谁呢?"小姐们迟疑地问道。

"这很清楚!"

"一点也不清楚啊。……"

"就是我的妻子呗!"

三个小姐一齐跳起来,仿佛被蛇咬了一口似的。

"这话……怎么讲?"她们问道。

"唉,主啊,这有什么不好懂的呢?"上校烦恼地说,耸了耸肩膀,"是啊,我好像说得够清楚了!我是跟妻子一块儿到谢威尔吉村去的。……她也住在那所空房里,在我的隔壁房间里过夜。……很清楚嘛!"

"哦……"小姐们说着,失望地垂下胳膊,"故事的开头倒挺好,可是结尾,上帝才知道是怎么回事。……妻子。……对不起,这简直没趣味,而且……一点道理也没有。"

"奇怪！这样看来,你们希望那个人不是我合法的妻子,而是另一个女人！唉,这些小姐啊,小姐啊！如果你们现在这样看问题,将来出嫁后会怎么样呢？"

小姐们窘住,开不得口了。她们一肚子闷气,皱起眉头,大失所望,开始大声打呵欠。……在晚饭席上,她们什么也不吃,只顾把面包屑搓成小圆球,沉默不语。

"不,这简直……不近人情！"有一个小姐忍不住说,"既然结尾是这样,那又何必讲呢？这个故事一点好的地方也没有。……甚至莫名其妙！"

"开头倒还引人入胜,不料……一下子就完了……"另一个补充说,"这纯粹是耍弄人。

"得了,得了,得了……我刚才是开玩笑……"上校说,"别生气了,小姐们,我刚才是开玩笑。那个人不是我的妻子,她是总管的妻子。……"

"真的吗?!"

小姐们忽然高兴起来,眼睛闪闪发光。……她们凑近上校,给他斟上葡萄酒,纷纷对他提出问题。烦闷消散了,就连晚饭也很快就吃完,因为小姐们胃口大开,吃得津津有味了。

识别上方二维码

免费收听契诃夫小说精彩片段